~~39,88~~ €
19,50

CARLSEN STUDIO
Lektorat: Andreas C. Knigge und Uta Schmid-Burgk
1. Auflage Dezember 1992
© Carlsen Verlag GmbH · Hamburg 1992
Aus dem Französischen von Resel Rebiersch
CORTO MALTESE MEMOIRES
Copyright © 1988 by Casterman, Tournai
Redaktion: Uta Schmid-Burgk
Satz: KCS Knauel, Buchholz i. d. Nordheide
Lettering: Sissi Schitnig
Druck und buchbinderische Verarbeitung:
Casterman, Tournai
Alle deutschen Rechte vorbehalten
ISBN 3-551-71660-9
Printed in Belgium

Corto Maltese

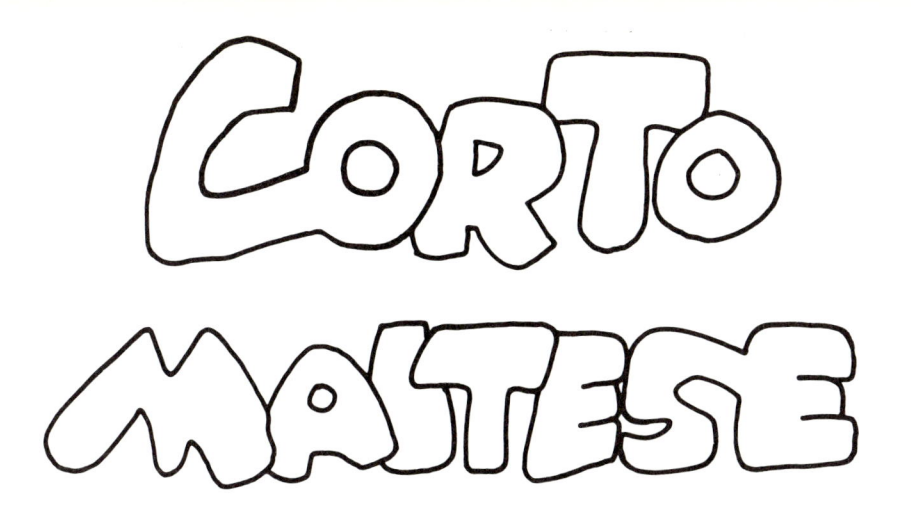

Aus dem Leben eines Abenteurers

Corto Maltese

Aus dem Leben eines Abenteurers

Text: Michel Pierre
Illustrationen: Hugo Pratt

Carlsen Verlag

».. . Wenn uns ein Schatten blau erscheint, sollten wir uns nicht davon abhalten lassen, ihn so blau wie nur möglich zu malen, mit dem schönsten Blau unserer Palette. Doch hat er die Farbe von Tinte, nehmen wir das tiefste Schwarz, das Jett-Schwarz. Die Farben müssen klar sein, damit die Kontraste im Bild klar werden. Eine Zeichnung oder ein Gemälde ist das leidenschaftliche Abbild eines Eindrucks. Man braucht kräftige Kontraste, um das auszudrücken.
Der bleibende Eindruck einer Gouache, eines Aquarells, einer Pastellzeichnung, eines Ölgemäldes entsteht aus der Darstellung eines einzigartigen Anblicks. Ich stelle mir vor, daß eines Tages Künstler auf schlichtem Papier mit Hunderten von Linien und Farben ihre Abenteuer erzählen. Von solchen Abenteuern habe ich erzählen hören in den Häfen von Peru, Brasilien, den Antillen oder Mittelamerika, in den nördlichen Gewässern und hier in Ozeanien...«

(Brief von Paul Gauguin an Georges-Daniel de Monfreid,
geschrieben im März 1892 in seinem Haus im Distrikt Mataeia.)

LEBENSLINIEN...

10
MENSCHEN UND SCHICKSALE

17
KINDHEIT

25
DIE INSEL DER GEHEIMNISSE

31
DIE ZEICHEN DES SCHICKSALS

39
DIE AUFGEHENDE SONNE

47
DIE ENTDECKUNG AMERIKAS

53
DIE VERBORGENE INSEL

59
ABENTEUER UNTER DEM WENDEKREIS DES STEINBOCKS

67
DAS JAHR DER KRIEGE

79
DIE FREIBEUTER DER SCHNEEWÜSTEN

85
VENEZIANISCHE LEGENDEN

91
DAS GROSSE GOLD

99
ARGENTINISCHER TANGO

105
DER TEUFELSPROZESS

111
DER PLANET DER SCHÖNEN TRÄUME

129
BERÜHMTE WEGGEFÄHRTEN

ABBAS
Türke ismailitischen Glaubens. Geboren in dem Flecken Mamouret-Ul-Aziz. Verwirklicht seinen Traum vom Leben im Abendland, indem er in den dreißiger Jahren in Paris in Aga Khans Dienste tritt.

MISS AMBIGUITÉ DE POINCY
Stammt von dem berühmten Piraten der »Allwissende« ab. Wird am 2. März 1916 im Alter von 32 Jahren auf der Insel ihres Ahnen von einem Verrückten getötet.

TRISTAN BANTAM
Sohn des Ronald Bantam, eines Gelehrten, der in der Geographic Association of London Triumphe feierte. Wird 1912 Waise und widmet sich wie sein Vater der Suche nach Spuren des Kontinents Mū.

BARRACUDA
Schädel des berühmten Piraten Barracuda der Allwissende, der 1730 auf der Insel starb, wo er die Reichtümer aus seinen vielen Beutezügen und Expeditionen vergraben hatte.

PIERRE BELLEFONDS
Hat eine brillante Militärkarriere hinter sich, als er 1917 von der italienischen Front desertiert. Tritt später in die spanische Fremdenlegion ein.

JOHN BULL
Künstlername eines englischen Schauspielers. Mitglied einer Theatertruppe, die Vorstellungen für die Frontsoldaten im Orient gab. Starb 1922 in Kilikien an einem Herzschlag.

KNOCHENBRECHER
Soldat der deutschen Armee in Togo. Eigentlich Beamter der britischen Militärpolizei. Wird 1915 an der brasilianischen Küste von einem deutschen Seemann getötet, der zur Besatzung eines Piratenschiffs gehörte.

CAYENNE
Mit richtigem Namen Eugène Dieudonné. Im Jahr 1906 vom Schwurgericht in Marseille zu 15 Jahren Zwangsarbeit verurteilt. Flieht nach vier Jahren und lebt bis zu seinem Tod 1941 auf der Insel Désirade.

SCHANGHAI-LI
Pseudonym der Tian Hua. Geboren 1897. Nimmt an allen bedeutenden Ereignissen der chinesischen Geschichte nach dem Ersten Weltkrieg teil. Stirbt 1968 durch Mißhandlungen während der Kulturrevolution.

CHEVKET PASCHA
Geboren 1887 in Edirne. Brillanter Student in Berlin. Nimmt an türkischen Militäraktionen in Palästina und Syrien teil. Er ist mitverantwortlich für den Völkermord an den Armeniern. Im Jahr 1922 von Rasputin getötet.

FRANCISCO ESCUDERO
Geboren 1897 in San Miguel de Tucuman. Geht bereits in jungen Jahren zur Polizei und erledigt die schmutzigen Arbeiten für Kommissar Estevez. Auf dessen Befehl im Juni 1923 von Patrick O'Maley getötet.

ESMERALDA
Tochter der Parda Flora, in Buenos Aires berühmt wegen ihrer Schönheit und ihrer Liaison mit Corto Maltese. 1910 war Esmeralda eine der hübschesten Prostituierten des »Rumbita« in Mosquito. Corto sieht sie 1923 in Argentinien wieder.

MANUEL ESTEVEZ
Geboren in Buenos Aires, wo er nach einigen Jahren bei der Berittenen Zollpatrouille Polizeikommissar wird. Zwielichtig und korrupt. Fällt in ungelöschten Kalk, nachdem Corto Maltese ihn mit einem Dolch getroffen hat.

BEPI FALIERO
Geboren 1900 in Venedig. Schreckt vor keinem Verbrechen zurück, um seine Ziele zu erreichen. Kommt bei einer Schlägerei mit Corto Maltese ums Leben.

FARIAS PASO VIOLA
Geboren 1900 in Buenos Aires. Erbin eines der größten Vermögen von Argentinien und Mitglied der Heilsarmee. Nahm Maria, die Tochter von Louise Brookszowyc, auf.

GROSSE MASKE
Großer Teufel von Port Ducal, Meister der Schwarzen Magie. Kann über Entfernungen hinweg töten, frei im Raum schweben und Skorpione zähmen, versagt aber jämmerlich bei Liebeszaubern.

CAIN GROOVESNORE
Sohn von Rinaldo Groovesnore. Wird nach einem Schiffbruch im Pazifik auf der Insel Escondida gefangengehalten. Kehrt anschließend nach England zurück. Meldet sich 1918 freiwillig zur Royal Air Force.

PANDORA GROOVESNORE
Tochter von Taddeo Groovesnore, Reeder in Sydney, und Nichte von Rinaldo Groovesnore, Vize-Admiral der Royal Navy. Zieht nach Neuengland, wo sie im Juli 1918 einen schwerreichen Erben heiratet.

SEÑOR HABBAN
Geboren 1879 in Chicago. Emigriert 1891 mit seinen Eltern nach Argentinien. Lebt einige Jahre in Patagonien. Wird zu einem der vermögendsten Männer Lateinamerikas.

LORD HAHA
Auch Lord Niemand oder Herr Reichtum. Waffenhändler und Goldsucher englischer Herkunft. Findet im Herbst 1918 den Tod in Äthiopien. Soll sich angeblich 1914 in der Nähe von Gombi aufgehalten haben.

MENSCHEN UND SCHICKSALE

WERNER BÖEKE
Mitglied der Besatzung der »Walküre«, die im Dezember 1914 Tahiti bombardierte. Gefangengenommen auf den Samoa-Inseln, interniert in Chile bis zum Kriegsende. Anfang 1919 wieder in Berlin, wo er am Spartakistenaufstand teilnimmt und im März getötet wird.

GOLDEN-ROSE-MOUTH
Die berühmteste der großen Priesterinnen sämtlicher Geheimkulte Südamerikas. Behauptet, Cortos Urgroßvater in Queimada in Brasilien gekannt zu haben. Außerdem Geschäftsfrau.

SIMON BRADT
Captain der englischen Armee, mit echtem Namen Juda O'Leary, Ire. Stirbt 1918 beim Angriff von Mahdi-Rebellen auf das Fort in Somalia, das er befehligt.

LOUISE BROOKSZOWYC
Geboren 1897 in Warschau, ermordet 1923 in Buenos Aires. Mutter eines kleinen Mädchens, das von Corto Maltese ausfindig gemacht und bei Freunden in Venedig untergebracht wird.

DAVE BRUKOI
Auch Big Tom Tom genannt. Blutsbruder von Corto Maltese. Die beiden lernen sich im Oktober 1918 kennen. Dave verschwindet 1938 während der Wirren in Kenia.

LEVI COLOMBIA
Händler, Gelehrter, Spezialist für südamerikanische Kunst. Besitzt ein Antiquitätengeschäft in Maracaibo, Venezuela. Stirbt dort bei einer Gelbfieber-Epidemie im Jahr 1937.

CRANIO
Melanesier, gebürtig aus dem Dorf Singatoka auf der Fidschi-Insel Viti Levu. Träumte von einem vereinigten Staat der Melanesier und Polynesier. Getötet am 6. Januar 1915 von Rasputin.

»CROCHET«
Spitzname des holländischen Seemanns Christaan Van't Hoff. Verliert bei einer Rauferei einen Arm. Wird 1915 in Maracaibo gefangengesetzt, nachdem er Corto Maltese zu ermorden versuchte. Stirbt im Alter von 80 Jahren als Besitzer einer Bar in Eindhoven.

CUSH
Dankali-Krieger vom Stamm der Beni-Amer. Lebt für Glauben und Krieg. Wird nach einer Pilgerreise nach Mekka Haddschi. Verschwindet unter ungeklärten Umständen in den vierziger Jahren.

IDRISS EL AZEM
Bekannt unter dem Namen »El Oxford«. Studierte an europäischen und amerikanischen Universitäten. Arabischer Nationalist, im Jemen im September 1918 von türkischen Soldaten getötet.

SANDY FISHER
Offizier des Australian and New Zealand Army Corps (ANZAC) an der französischen Front von 1918. 28 Jahre zuvor in Sydney geboren, stirbt ebenda im Jahr 1958 als Inhaber einer der renommiertesten Bars von ganz Australien.

MÉLODIE GAËL
Genannt »Die bretonische Nachtigall«. Trägt alte keltische Klagelieder zur Harfe vor und steht als Spionin im Sold der Deutschen. Getötet 1918 durch den Zwerg »Roland«.

HANS GALLAND
Kapitän der deutschen Kriegsmarine im Ersten Weltkrieg. Kämpft im Pazifik, wo er 1915 gefangengenommen wird. Verwandt mit Adolf Galland, General der Luftwaffe, geboren 1912 in Westerholt.

FRANCESCO GONÇALVES
Genannt »Der Colonel«, Besitzer ausgedehnter Ländereien. Hält sich abwechselnd auf seinen brasilianischen Besitzungen und in den Grandhotels von Nizza und Monte Carlo auf. Getötet 1915 durch den Cangaceiro »Hit-Ace«.

DER HEILIGE GRAL
Kelch, in dem Joseph von Arimathia das Blut Jesu auffing und den er später ins Abendland brachte. Soll der Legende nach das Lebenselixier enthalten.

FARID HEKMET
Türkischer Soldat der 7. Armee. Einsatz während des I. Weltkriegs im gesamten Mittleren Orient. Nimmt 1918 an der Plünderung der Bank von Aleppo teil. Stirbt 1921 in der Nähe von Adana in Kilikien durch eine Revolverkugel.

NINO JAROSLAW
Offizier der Königlichen Garde Seiner Majestät Nikolas II., geboren 1890 in Petersburg. Getötet durch eine .45er Kugel von Schanghai-Li unweit des Dalaï Nor (Drei-Länder-See) in der Mandschurei.

MADAME JAVA
Wahrer Name nicht bekannt. Mitglied der indonesischen Gemeinde, die von den Holländern gegen Ende des 19. Jahrhunderts in Surinam angesiedelt wurde. Betreibt das renommierteste Gästehaus von Paramaribo.

CASSANDRA KATSOUROS
Geboren 1897 auf Rhodos. Bei jedem seiner Aufenthalte auf der Insel wohnt Corto Maltese bei ihr. Berühmt für ihr Wahrsagen aus Kaffeesatz. Lebte später in Athen und Heraklion.

FEDOR KAZINSKY
Geboren 1890 in Tallin, Provinz Estland. Wird im Juni 1923 auf der Terrasse der Bar »El Milonguero« in Buenos Aires umgebracht.

JOHANNES KERSTER
Rechtsanwalt. Geboren 1885 in Albina, versehentlich in Paramaribo, wo er seine Kanzlei hatte, von einem seiner üblen Komplizen getötet. Betrieb eine Hilfsorganisation für ausgebrochene Gefangene aus Guayana.

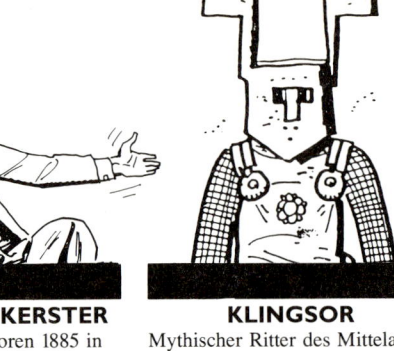

KLINGSOR
Mythischer Ritter des Mittelalters. Lebte in der »Burg des Lasters« und strebte die Vernichtung des Ritterordens vom Heiligen Gral an. Gegner Parzivals und Verteidiger Corto Malteses in einem Teufelsprozeß.

GOMERIA LARREGUI
Baskischer Herkunft. Betreibt eine Autowerkstatt in Buenos Aires. Corto Maltese wohnt im Juni 1923 bei ihm. Kennt sich bestens mit den geheimen Machenschaften der argentinischen Gangster und Polizisten aus.

EVELYN LEIGHTON
Geboren 1896 in Tavistock. Die große Liebe des Lieutenant Mike Stuart. Heiratet 1920 einen berühmten Theaterschauspieler, dem sie drei Kinder schenkt. Stirbt 1940 beim Blitzkrieg in London.

LING KIUN-LI
Agraringenieur. Geboren 1887 in einem Dorf bei Wu-Han. Ehemann von Schanghai-Li. Überzeugter Kommunist. Stirbt 1949 kurz vor dem Sieg von Maos Truppen.

IAN MacGREGOR
Höherer Offizier der britischen Armee. Geboren 1883 in Edinburgh. Seit 1911 Einsatz in Afrika. Beendet 1914 als Captain in Gombi den Krieg an der Ostküste Afrikas. Geht 1941 als Colonel nach Libyen.

BARON HASSO VON MANTEUFFEL
Geboren 1860 in Freiburg im Breisgau. Generalkonsul von Wilhelm II. in Angola. Vermittler des Bündnisses zwischen der deutschen Kriegsmarine und Brasilien nach 1914. Getötet im folgenden Jahr von einem Agenten der West African Frontier Force.

MARANGOUÉ
Jivaro-Häuptling der Huambiza. Großer Zauberer, Meister der Grünen und der Schwarzen Magie. Tötet 1915 Luis Mendoza, den Mörder seiner Tochter, der junge Burschen und Mädchen an weiße »Caucheros« verkaufte.

FALA MARIAMA
Tochter des Ras Yaqob, Führer der Christengemeinde in Ogaden. Heiratet Rhomah, den Bruder des Cush.

MARIANNE
Mit wirklichem Namen Eveline de Sabrevoie, auch Piera Rovigote de Maerne genannt. Schauspielerin des Truppentheaters in Kleinasien. Geboren 1890 in Draveil (Department Seine).

DER MONACO
Ehemaliger Priester, mit wirklichem Namen Thomas Groovesnore. Wird nach einem Schicksalsschlag einer der gefürchtetsten Piraten im Pazifik. Wahrer Vater von Pandora und einer von Cortos Arbeitgebern.

MORGANA DIAS DO SANTOS BANTAM
Geboren 1897 in Bahia. Tochter des Ronald Bantam, Halbschwester von Tristan. Zusammen mit Golden-Rose-Mouth Inhaberin der »Atlantischen Finanzierungsgesellschaft für maritime Transporte« und englische Wirtschaftsspionin.

MORGANE
In der keltischen Überlieferung Göttin des Wassers. Schwester von König Arthur. Lustgespielin und Herrscherin über Avalon, die Insel der Apfelbäume. Bildete Viviane aus.

MÖWE
Gattungsname verschiedener Arten von Carinae-Seevögeln aus der Familie der Lariden. Eine Möwe hätte beinah Corto Malteses Tod auf einem Antillenstrand verursacht.

MOU LOU SUNG
Betreibt Anfang des Jahrhunderts in Mukden eine Opiumhöhle. Entstammt einer großen Familie in Südchina. Mitglied der Triade. Unterstützt Sun Yat-sen und hält der Kuomintang des Tschiang Kaischek die Treue. Flieht 1949 nach Taiwan.

ANTONIO DE OLIVEIRA
Befehlshaber eines brasilianischen Kanonenboots auf dem São Francisco. Findet 1915 den Tod durch die Kugeln des Cangaceiro »Hit-Ace«.

PATRICK O'MALEY
Argentinier irischer Abstammung. Führt die zentrale Verbrecherkartei von Buenos Aires. Findet bei einem Erpressungsversuch 1923 den Tod.

O'SULLIVAN
Irischer Patriot, der ins Hauptquartier der englischen Truppen in Dublin eingeschleust wurde. Getötet im Oktober 1917 von Colonel King.

DON PASQUALE
Geboren 1885 in Catania. Wandert zwei Jahre später mit seinen Eltern nach Argentinien aus. Stand lange mit der Mafia in Verbindung.

KLEINER SILBERFUSS
Junge Frau mit einer Prothese am linken Bein, die in den zwanziger Jahren in Venedig stadtbekannt war. Sie verkaufte Souvenirs auf dem Markusplatz.

DAVID LIPZYA
Geboren 1883 in Krakau. Mitglied der einflußreichen Vereinigung »Warsavia«. Butch Cassidy tötet ihn im Juni 1923 in Buenos Aires, wo er Corto Maltese mit Mordabsichten auflauerte.

SOLEDAD LOKÄARTH
Geboren 1895 auf der Antillen-Insel Saint-Barthélemy. Lebte mit ihrer Familie in Niederländisch-Guayana, flüchtete dann auf eine kleine Insel. Entkommt 1915 mit knapper Not dem Brand ihres Hauses und der Verurteilung zum Tod in Port Ducal.

RUDYARD LONDON
Lieutenant der 5. Kompanie der Royal Ghurka Rifles. Beachtliche militärische Karriere in Indien. Gestorben 1960 in seinem Haus in Sussex.

»LANGES LEBEN«
Chinesischer Gelehrter, ausgezeichneter Kenner des Taoismus und Konfuzianismus. Mitglied der Triade. Geboren 1850 in Hongkong, gestorben 1935.

EDWARD MacLACLAN
Angehöriger des britischen Expeditionscorps, das 1916 nach Mesopotamien entsandt wurde. Gerät nach dem Mißlingen des Unternehmens in Gefangenschaft. Stirbt 1918 in Festungshaft im Fort von Turban im Jemen.

MICKAËL McNOTT
Lieutenant der Royal Military Police, 1918 stationiert in Minkitani in Ostafrika. Taucht später in Nairobi, Bombay und Singapur auf, wo er 1942 den Einmarsch der Japaner miterlebt.

MELCHISEDECH
Jüdischer Gelehrter aus dem Ghetto von Venedig, wohin seine spanischen Vorfahren im 16. Jahrhundert gekommen waren. Einer der besten Kenner der Kabbala und des Sohar. Verschwindet 1933 und vermacht seiner Tochter Esther seine einmalige Bibliothek.

JUAN MENDOZA
Menschenhändler. Überfällt Indianerdörfer, um Sklaven zu entführen, die er an die weißen Kolonisten verkauft. Wird 1916 von Piranhas gefressen, nachdem ihm ein Jivaro-Häuptling eine leichte Verletzung zugefügt und ihn in den Fluß geworfen hat.

MERLIN
Zauberer. Freund und Ratgeber von König Arthur. Führte die Tafelrunde ein. Die Fee Viviane, in die er sich leidenschaftlich verliebte, versetzte ihn in todesähnlichen Schlaf.

JOHANNES MILNER
Zwielichtiger Rechtsanwalt und Mörder. Corto Maltese gewinnt eines Abends im Jahr 1915 beim Kartenspiel in Bahia sein Leben und übergibt ihn dem Zuchthaus von Cayenne. Danach hört man nichts mehr von ihm.

CAPORAL MUNGO
Askari in der Armee von General von Lettow-Vorbeck. Mitglied der Geheimgesellschaft der Leopardenmenschen. Stirbt im Oktober 1918 in der Nähe der Mündung des Rufidschi-Flusses in Deutsch-Ostafrika.

OBERON
Elfenkönig, dem es gelang, sein kleines Volk gegen die Bedrohung Britanniens durch die Sachsen zu mobilisieren. Ritter der keltischen Gottheiten im Kampf gegen die germanischen.

BANSHEE O'DANANN
Frau von Pat Finnucan, der fälschlich als Held der Irischen Revolution gilt. Ist kurz versucht, mit Corto Maltese wegzugehen. Beendet ihr Leben im grünen Irland, dem Land der Tuetha von Danann, der Magier-Könige der keltischen Mythologie.

OGER-GORILLA
Geboren aus viererlei Phantasiewelten: denen des Merian Cooper, Ernest Schoedsack, David O. Selznick und Edgar Wallace. Taucht als King Kong in einem Traum Corto Malteses auf.

SEAMES O'HOGAIN
Mitglied der Sinn Fein, nimmt im Jahr 1916 am Pfingstaufstand von Dublin teil. Mißbilligt bei der Unabhängigkeitserklärung Eires die Übergabe von Ulster an die Engländer und wandert in die USA aus, wo er für die IRA Waffenhandel betreibt.

PIERRE LA REINE
Geflohener Häftling aus Saint-Laurent-du-Maroni (1911). Anarchist, ehemaliges Mitglied der Bonnot-Bande. Gestorben in Amazonien, vermutlich 1913.

PUCK
Freund der Fee Morgane. Erscheint manchmal als braungelockter Jüngling mit kleidsamen Hörnern. Oft auch in der Gestalt des Raben Bran, des Lieblingstiers der keltischen Mythologie.

FRANZ-JOSEPH RADESKY
Graf und Besitzer eines Schlosses im Burgenland. Angehöriger des alten österreichischen Adels; geboren 1895, desertiert 1917 von der italienischen Front. Angeblich 1940 in Paraguay gestorben.

FOSFORITO RAMIREZ
Argentinier spanischer Herkunft. Geboren 1895 in Rosario. Diverse Aktivitäten am Rande der Legalität. Exzellenter Billardspieler, gewinnt tausend Pesos von Corto Maltese.

RASPUTIN
Geboren 1885 in einem sibirischen Deportationslager. Vater unbekannt, die Mutter starb bei seiner Geburt. Wurde aufgezogen von einer Frau, die er zeitlebens als seine Mutter verehrte.

RESHID
Deserteur aus der türkischen Armee, wird ein gefürchteter Bandit. Geboren in den neunziger Jahren des 19. Jahrhunderts in Kurdistan. Im Sommer 1921 in Van gehängt.

IGOR ROSSIANOW
Geboren 1888 in Kiew. Nimmt im Februar 1917 an der Russischen Revolution teil und gesellt sich dann zu den Truppen des Barons von Ungern in Asien; wird Offizier der Roten Grenzarmee. Nach einem großen Schauprozeß 1937 in Moskau erschossen.

CLEM RUSSEL
Eliteschütze der australischen Armee. Soll am 20. April 1918 bei Sailly-le-Sec den Baron von Richthofen abgeschossen haben. Stirbt am selben Tag durch eine deutsche Granate.

YAMURA SAKAI
Geboren 1877 in Kyoto. Meister der Kriegskünste Ninja und Jonin. Wurde zusätzlich an der Geheimschule von Koga ausgebildet. Leutnant der Kaiserlich-Japanischen Armee. Im Januar 1905 erschossen in Mukden von Rasputin.

ALEXANDER SAMSONOW
Geboren 1880 in Minsk. Ehemaliger Arbeiter in einer Siemens-Fabrik in Petrograd. Befreundet mit Trotzki. Politkommissar der Roten Grenzarmee. Stirbt 1938 im Spanischen Bürgerkrieg.

MARINA SEMINOWA
Großrussische Herzogin. Geboren 1895 in Kasan, getötet von Rasputin im November 1920 bei Karymskoje, wo die Transsibirische und die Transmandschurische Eisenbahn sich trennen.

BRUDER SERAPHIN
Mönch des Franziskanerklosters San Francesco del Deserto in Venedig. Legte 1890 seine Gelübde ab. Spezialist für Epigraphik und Konservator alter Manuskripte.

SHAMAEL
Großer abessinischer Zauberer, dessen Geburts- und Sterbedaten jeder menschlichen Vernunft hohnsprechen.

HASEGAWA SIBAUCHI
Hauptmann der Kaiserlich-Japanischen Armee. Verlor 1905 bei den letzten Gefechten des Russisch-Japanischen Kriegs ein Auge. Verlegte sich dann auf die Politik und wurde 1937 Kabinettsmitglied des Prinz Konoye Fumimaro.

CHRISTIAN SLÜTTER
Geboren 1885 in Lübeck. Offizier in der deutschen Reichsmarine. U-Boot-Kommandant. Am 19. Februar 1915 von den Engländern wegen Verrat, Piraterie, Mord, Sabotage und Spionage erschossen.

PROFESSOR BENJAMIN STONE
Geboren 1865 in Salisbury, gestorben 1945 in Borjas (Peru). Einer der berühmtesten Chirurgen des Vereinigten Königreichs. Verbringt sein Leben nach 1915 abwechselnd in Amazonien und in seiner Klinik in London.

BRUDER SULLIVAN
Franziskaner-Missionar in einem Dorf bei Borjas im peruanischen Amazonasgebiet. Zieht 1910 mit 25 Jahren dorthin und stirbt dort.

KANTARO SUTTO
Geboren 1888 in Furano auf der Insel Hokkaido. Macht nach ehrenvollem Kampf als Hauptmann im Russisch-Japanischen Krieg von 1905 Karriere beim Militär. Wird in den dreißiger Jahren Mitglied des Obersten Kriegsrats.

TAKI JAP
Mit richtigem Namen Yukio Noma. Geboren 1885 in Osaka. Desertiert aus der Kaiserlich-Japanischen Armee. Am 17. Januar 1915 gelingt es ihm, die Insel Escondida zu verlassen und nach Peru zu fliehen, wie er es sich erträumt hatte.

TARAO
Maori aus Neuseeland. Geboren um 1900 in einem Dorf bei Whakatane. War zeitweise Angehöriger des Australian and New Zealand Army Corps.

HYPATIA THEONE
Glaubt in ihrem Wahn, sie sei die wiedergeborene Hypatia, neoplatonische Philosophin aus Alexandria. Harmlose Irre, die dennoch zur Mörderin wurde. Stirbt am 24. April 1921 bei einer Feuersbrunst.

MAJOR JACK TIPPIT
Heerespilot der US Air Force. Geboren in Denver (Colorado). Zeichnet sich 1918 an der Somme-Front aus, im Jahr darauf in Sibirien. Nachdem er zum höheren Offizier avanciert ist, fällt er dem japanischen Angriff auf Pearl Harbor 1941 zum Opfer.

HIT-ACE
Cangaceiro aus Sertão, dem Umland des Flusses São Francisco. Wird 1915 auf dem Anwesen eines reichen Grundbesitzers in Queimada getötet.

HUGUES-BERNARD DE TRÉCESSON
Rechtsanwalt aus altem bretonischem Adel. Im Ersten Weltkrieg Marineoffizier. Kehrt nach Kriegsende in seine Kanzlei zurück.

TUTAZUA
Enkel des Jivaro-Indianers Marangoué und des englischen Professors Stone. Nachdem seine Eltern ermordet worden sind, ziehen seine beiden Großväter ihn auf.

JOHN SANDERS
Polizist der Vereinigten Staaten in Mosquito, wo er einen Kampfeinsatz der Marines leitet. Getötet durch einen Molotowcocktail, der in seinen Schützenpanzer geworfen wird.

SANTO
Staatenloser Geistesgestörter, der sich zum Hüter des Schatzes von Barracuda dem Allwissenden berufen glaubt. Er und Ambiguité de Poincy töten sich im Jahr 1916 gegenseitig.

SATAN
Auch: Luzifer, Beelzebub, Großer Gehörnter, gefallener Engel, Teufel, König der Finsternis, lüsterner Bock, Herr des Sabbat, König der Unterwelt, Meister aller Übeltaten und Verbrechen, Herr der gequälten Seelen. Beschuldigt Corto Maltese der »Gefühlsduselei«.

WERNER SAXON
Geboren 1888 in Mayence. Offizier in der Armee von Lettow-Vorbecks in Deutsch-Ostafrika. Getötet von Corto Maltese im Oktober 1918.

SBRINDOLIN
Melanesier von der Insel Rossel. Beendet sein Leben von aller Welt vergessen auf Escondida, nachdem die englischen Truppen abgezogen sind, die im Januar 1915 dort gelandet werden.

ANTONIO SORRENTINO
Carabinieri-Hauptmann. Versieht seinen Dienst 1917 in Venedig und 1921 auf Rhodos. 1941 im Mittelmeer vermißt, als er mit einem Truppentransport aus Libyen zurückkehrt, der von einem britischen U-Boot torpediert wird.

IGOR SPATZETOW
Kosaken-Major vom Ussuri. Geboren 1875 in Khabarowsk. Corto Maltese erwürgt ihn im Oktober 1920 auf der Straße eines Dorfs bei Dauria an der russisch-mandschurischen Grenze.

JEREMIAH STEINER
Geboren 1865 in Prag. Professor an der dortigen Universität. Verfasser mehrerer Untersuchungen über die Gnosis und Alchimie. Wendet sich nach einer langen Phase des Alkoholismus von 1913 bis 1921 wieder seinen geistigen Interessen und dem Schreiben zu.

UMBERTO STEVANI
Begeisterter junger Faschist aus Venedig. Schwere Schußverletzung im April 1921. Setzt seine Karriere in der Partei bis 1943 fort und geht dann in den Widerstand.

VENEXIANA STEVENSON
Internationale Abenteurerin, deren Mut nur durch ihre Habsucht und Skrupellosigkeit übertroffen wird. Kreuzt Corto Maltese Weg 1915 in Mosquito, 1917 in Venedig und 1921 in Kleinasien.

TSCHANG TSO LIN
Kriegsherr. Ist an der Revolution von 1911 beteiligt und sammelt anschließend Truppen, um sich einer Provinz in Südchina zu bemächtigen. Begeht am 15. März 1920 in Hongkong Selbstmord.

ROSKO TENTON
Offizier der britischen Armee. Geboren 1886 in Stevenhagen. Zu Beginn des Ersten Weltkriegs stationiert in Gombi, bei Kriegsende in Ostafrika. Während des Libyen-Feldzugs 1941 Lieutenant-Colonel der Nil-Armee.

TEZCATLIPOCA
Jadeschädel des Tezcatlipoca, Aztekengott der Großen Bärin am Nachthimmel, vielgestaltiger Magier, der in seinem Spiegel aus Obsidian alles sieht. Eigentum von Tristan Bantam.

THANATOS
Der Tod. Erscheint im Traum und rafft in der Wirklichkeit die Lebenden dahin. Alter Wegkamerad von Corto Maltese, dem er eines Tages ein schwieriges Geschenk macht.

DR. THEONE
Bruder der Hermes-Loge. Kenner der Astrologie und okkulter Wissenschaften. Wird 1921 bei einem Brand seines Hauses in Venedig schwer verletzt. Geht nach seiner Genesung nach Alexandria.

»EINOHR«
Mit echtem Namen Wei Lin Yue. Diener des Kriegsherrn Tschang Tso Lin. Geboren 1886 in Guilin (Guang Xi). Begibt sich 1932 in die chinesische Sowjetrepublik von Jiang Xi. Stirbt im Dezember 1934 auf dem »Langen Marsch«.

SEVAN VARTKES
Geboren 1907 in Erkizan. Armenierin. Entkommt mit knapper Not dem Massaker an ihrer Familie. Flieht 1922 nach Venedig.

LADY ROWENA WELSH
Als R. Weissert 1896 in Bremen geboren. Gattin von Lord Vortigern Welsh, Mitglied des britischen Parlaments. Deutsche Spionin, erschossen am 11. November 1917.

»KRÖTENAUGE«
Mit richtigem Namen Heike Zeeman. Holländischer Matrose, geboren in Rotterdam, gestorben im Jahr 1915 in Paramaribo durch einen geschickten Messerwurf von Madame Java, Inhaberin der gleichnamigen Pension.

TOUSSAINT DÉSIRÉ ZOLA
Mann des Gesetzes. Staatsanwalt am Gericht von Port Ducal. Geboren 1885 in Port-au-Prince. 1916 gestorben durch Schwarze Magie.

KINDHEIT
1887/1900

*Wie Corto Maltese am 10. Juli 1887 auf der Insel Malta geboren wird,
wo er seine frühe Kindheit verbringt, und wie es ihm gelingt, sich unter den Schutz
glückverheißender Schicksalszeichen zu stellen.*

Cortos Vater stammte aus einem kleinen Ort namens Tintagel in Cornwall.

MALTA, DIE INSEL VIELER BEGEGNUNGEN

Von der Höhe der Hupper Barraca Gardens aus kann man die Schiffe an der Reede von La Valetta liegen sehen. Bereits im Mittelalter stieg man auf diese Felsnase hinauf, um das Auslaufen der »Christlichen Flotte« gegen die Türken zu beobachten.

An diesem Frühlingstag des Jahres 1888 läuft der Panzerkreuzer »Superb« der Royal Navy aus Alexandria in den Grand Harbour ein, wobei er Fort Saint-Elmo steuerbord läßt. Bevor er nach Gibraltar und schließlich nach Portsmouth weiterfährt, ist ein Aufenthalt von achtundvierzig Stunden vorgesehen.

Ein großgewachsener, rothaariger Seemann geht von Bord, biegt in die St. John Street ein und betritt unweit des Kingsway ein Haus mit schmiedeeisernen Balkonen. Es ist offenbar eine »Herberge«, ein Stadtpalais der Ritter des Malteserordens, und es besitzt einen schönen Innenhof mit Arkaden, die einen kleinen Garten umgeben. Zielstrebig springt der Seemann die steinerne Treppe zum ersten Stock hinauf. Dort wird er eine Frau finden, nach der er sich heftig gesehnt hat, und ein Kind, das er zum ersten Mal sieht...

Keins der 355 Bilder von Ingres stellt eine Niña aus Andalusien dar. Doch dieses Porträt »La Belle Zélie« im Musée des Beaux Arts in Rouen trägt die Züge von Cortos Mutter.

Öl auf Leinwand: ein geheimnisumwittertes Frauenporträt.

»Dieses Kind war ich«, berichtet Corto später. »Ich erinnere mich natürlich nicht an diese Begegnung mit meinem Vater, ich war ja erst ein paar Monate alt. Meine Mutter hat mir dies und anderes aus meiner frühen Jugend berichtet, aber sie behielt viele Geheimnisse für sich, die ich nie ergründen werde.«

Der Junge hatte am 10. Juli 1887 auf Malta das Licht der Welt erblickt. Seine Mutter war eine Zigeunerin aus Sevilla, geboren im Stadtviertel Triana unweit der Puerta de las Mulas, von wo Magellan 1519 zu seiner ersten Weltumsegelung aufgebrochen war. Sie war dunkelhaarig, groß und schlank, eine hinreißende Flamencotänzerin und so schön, daß die Männer sich angeblich gegenseitig umbrachten in der Hoffnung, ihre Gunst zu erringen. Es hieß, ein Maler – der Franzose Ingres – habe sich unsterblich in sie verliebt und ein meisterhaftes Porträt von ihr gemalt. Sie stammte übrigens aus derselben Familie wie »Carmencita«, jene Zigeunerin, deren tragisches Schicksal von einem französischen Dichter verewigt wurde.

Doch die geheimnisvolle Frau auf dem Bild von Ingres im Museum in Rouen kann unmöglich Cortos Mutter sein. Das Porträt stammt aus dem Jahr 1806, während die Zigeunerin erst um 1860 geboren wurde. Dennoch ist die Ähnlichkeit zwischen der Frau auf dem Ingres-Bild und den Dokumenten, die über Corto Malteses

Dieser 425 Meter hohe Fels galt als eine der Säulen des Herkules. Nach der Ankunft der Mauren im April 711 hieß er nach seinem Eroberer Dschebel al Tarik, »Berg des Tarik«. Später wurde »Gibraltar« daraus, ein strategisch wichtiger Punkt, den die Engländer 1704 vereinnahmten.

Mutter existieren, verblüffend. Das Rätsel könnte sich allerdings lösen, wenn man annimmt, das Bild sei später entstanden und stelle Cortos Großmutter dar...

Cortos Vater war ein britischer Seemann aus Cornwall. Die Familientradition wollte es, daß die Männer in die Royal Navy eintraten.

Es ist nicht bekannt, wann und wo er starb. Manche behaupten, daß er in den Gewässern vor dem Hafen Iquique an der chilenischen Küste ertrank. Andere wollen wissen, er sei in Kanton am Perlenfluß von Mitgliedern eines Geheimbundes ermordet worden. Wieder andere beschwören, daß er bei einer Schießerei in der Nähe von Adelaide in Australien ums Leben kam. Gewiß ist nur, daß er in allen Häfen des Mittelmeers zu Hause war. Bei einem dieser Aufenthalte lernte er in Gibraltar eine Zigeunerin aus Sevilla kennen. Er traf sie auf den Stufen, die zum Morish Castle hinaufführen. Sie ließ sich von dem großen, rothaarigen Teufel verführen, der ihr in gebrochenem Spanisch die Märchen seiner Heimat erzählte, Geschichten voll Nebel und seltsamer Musik. Und er verfiel dieser dunkelhaarigen Schönheit, die ihm eine Zukunft voll Liebe aus der Hand las...

Von Gibraltar ging sie nach Malta, wo Corto geboren wurde, und dann nach Cordoba, wo sie mit ihrem kleinen Sohn einige Jahre lebte.

Zwar fehlt die Glückslinie, doch das Schicksal ist vorgezeichnet.

In Cordoba traf sie im jüdischen Viertel − dem »Barrio de la juderia« − alte Freunde und eine Jugendliebe wieder: Ezra Toledano, einen Rabbi, Nachfahre des großen Sehers und Mystikers der Kabbala, des Abraham ben Samuel Abulafia. Corto wohnte mit seiner Mutter in einem wunderschönen Haus mit einem blütengeschmückten Patio, umgeben von schimmernden »azulejos«. Die Kirchen von San Hippolite und San Miguel, der Puente Romano und die Ufer des Guadalquivir sowie die Puerta de Almodovar bildeten die Begrenzungen des Viertels, steckten den räumlichen Rahmen seiner Kinderspiele und seiner ersten Raufereien ab.

Am liebsten hielt er sich in der Umgebung der Synagoge und der Moschee auf. Eines Tages spielte er in der Nähe der Moschee vor der Puerta del Perdon. Er wollte gerade in den Orangengarten gehen, als ihn eine Zigeunerin, eine Freundin seiner Mutter, anhielt, seine linke Hand ergriff und die Handlinien betrachtete. Sie schwieg lange, runzelte die Stirn, beugte sich herunter, um die Handfläche näher in Augenschein zu nehmen. Plötzlich stieß sie die Hand des Jungen von sich, bekreuzigte sich dreimal und teilte ihm mit, daß er keine Glückslinie besäße.

»Das war ein furchtbarer Schock für mich«, bekannte Corto Maltese später. »Es war mir unvorstellbar, unglaublich, zumal mir meine Mutter nie etwas davon gesagt hatte. Sie mußte es

In den Patios der aristokratischen Häuser Cordobas fügen die Zigeuner dem Zusammenspiel von Schatten, Sonne, Wasser und den Symbolen des Goldenen Zeitalters des Islam ihre Riten, ihren Glauben und ihre Musik hinzu.

MEIN VATER KAM UND GING STÄNDIG... VIELLEICHT
SOLLTE MAN RICHTIGER SAGEN, ER KEHRTE
IMMER SELTENER ZURÜCK... ER ERZÄHLTE, ER SEI
DER NEFFE EINER ZAUBERIN VON DER INSEL
MAN, DIE EINE ROTE, LACHENDE KATZE
NAMENS GARROLL BESASS... ABER
MEIN VATER ERZÄHLTE VIEL, WENN ER BEI
EINER FLASCHE WEIN
SASS...

gewußt haben, denn sie war die beste Wahrsagerin von Centa bis zur Donau.

Ich stürzte nach Hause. Niemand war da, und so ging ich ins Zimmer meiner Mutter. Ich durchwühlte ihre Sachen, die sie stets sorgfältig hütete, und ich fand, was ich suchte: ein Rasiermesser meines Vaters. Ich klappte es auf, setzte die Klinge auf die Fläche meiner linken Hand und machte einen Schnitt. Blut spritzte aus der langen, tiefen Wunde hervor. Dennoch – und obwohl die Wunde eine schöne Narbe bildete – glaube ich, daß ich in meinem Leben nicht viel Glück gehabt habe. Aber wer weiß, was noch kommt...«

Die zehn Ziffern, aus denen die Welt gebildet ist.

Im Alter von zwölf Jahren kehrte Corto in Begleitung von Ezra Toledano nach Malta zurück, wo er die jüdische Schule von La Valetta besuchte. Er studierte die Thora und den Talmud, vor allem aber die Texte des Sohar und der Kabbala. Der Erzieher vermittelte dem Jungen ein kosmisches Weltbild. Obwohl Corto nicht alles vorbehaltlos hinnahm, war er im tiefsten Innern bereit zu glauben, daß die Welt auf den zehn elementaren Ur-Zahlen der Sephirot und den 22 Buchstaben des hebräischen Alphabets aufgebaut ist, die in ihren vielen Kombinationen die unfaßlichen Kräfte der Schöpfung darstellen. Die Sephirot sind keine Stufenfolge: »Ihr Ende liegt im Anfang und ihr Anfang im Ende, so wie die Flamme sich zur Kohle verhält«, sagte Ezra Toledano oft. »Gott selbst hat die Sephirot entworfen, gebildet, verbunden und gemischt«, fuhr er fort. »Aus ihnen besteht die gesamte Schöpfung. Die 10 Sephirot und die 22 hebräischen Buchstaben bilden die 32 mystischen Bausteine, aus denen Gott die Welt gemacht hat.«

Der Rabbi gab Corto auch die fünf Bücher des »Els Haïm« (»Der Baum des Lebens«) von Isaak Luria. Sie trugen den Untertitel »Chemonah Chearim« (»Die acht Pforten«). Luria wurde 1534 in Jerusalem geboren und wuchs in Kairo auf. Später bereiste er die Städte des Maghreb und Spaniens. Seine Lehre lebte in seinen Schülern weiter. Er hatte so machtvolle Visionen, daß er oft sagte: »Wenn ich nur den Mund aufmache, habe ich das Gefühl, das Meer sprengt die Deiche und überflutet alles.« Luria brauchte einem Menschen nur in die Augen zu blicken, um den Grund seiner Seele zu erkennen, um die bisher durchlaufenen Stationen seiner Seelenwanderung und seine gegenwärtige Aufgabe auf der Erde zu sehen. In den »Chibhe ha Ari« (»Lobpreisungen des Luria«) kann man nachlesen, daß dieser Seher sowohl in der Vergangenheit als auch in der Zukunft eines jeden Menschen lesen konnte. Hier lag das Bindeglied zwischen dem Gelehrten der Kabbala und den Zauberinnen von der Insel Man, von denen Cortos Vater soviel zu berichten gewußt hatte...

Mit zwölf Jahren las Corto mühelos die biblischen Schriften.

EINE ZIGEUNERIN SAGTE MIR, DASS ICH KEINE GLÜCKS LINIE HATTE. DURCH EINEN SCHNITT MIT DEM RASIERMESSER MACHTE ICH DEN MANGEL WETT.

Von der Höhe der Hupper Barraca Gardens aus konnte man die Schiffe an der Reede von La Valetta liegen sehen. Bereits im Mittelalter beobachtete man von hier aus, wie die Galeeren zu ihren Feldzügen gegen die Türken ausliefen.

DIE INSEL
DER GEHEIMNISSE
1900/1904

*Wie der junge Corto Maltese
die Welt seiner Heimatinsel und das Universum
in den Büchern des Rabbi entdeckt.*

DIE ZEICHEN DER SONNE UND DER RUF DES MEERES

Cortos Kindheit und Jugend waren geprägt vom Studium der Thora. Doch da waren auch die keltischen Legenden seines Vaters und die Meereswellen, die gegen die mächtigen Hafenwälle von La Valetta brandeten. Darunter mischten sich Bruchstücke aus orientalischen Märchen, wie sie die Frauen mit den schwarzen Faldettas so meisterhaft erzählten ...

Die Höhle der toten Göttin

In dieser Zeit hielt Corto sich besonders gern an einem merkwürdigen Ort auf: in der Vorstadt Paola von Hal Saflieni. Hier hatten Arbeiter beim Ausheben einer Grube Katakomben entdeckt und darin die Überreste von 7000 Menschen, die den weichen Kalkstein dieser Gegend zu ihrer letzten Ruhestätte gewählt hatten. Eines Tages, als der Junge bei den Ausgrabungen zuschaute, fand er in der Erde eine kleine Figur, die später die Bezeichnung »Sleeping Lady« erhielt. Noch heute kann man die Figur im Nationalmuseum der Insel betrachten. Sie stellt eine Frau dar, die auf dem Bauch liegt. Ihre Bedeutung ist nie geklärt worden: eine Göttin, eine Priesterin, eine Betende? Schläft sie, ist sie tot oder berauscht? Oder befindet sie sich im entrückten Zustand einer Wahrsagerin oder Seherin? Das Rätsel um die Figur war um so aufregender, als sie in der Nähe einer Höhle gefunden wurde, in der es einen Echoeffekt gibt wie nirgends sonst auf der Erde. Rufe wie Geflüster werden in einer Weise zurückgeworfen, daß man den Eindruck hat, selbst einer anderen Welt anzugehören. Aus purem Übermut verbrachte Corto dort eine Nacht. Am nächsten Morgen war er verändert, seine Augen schienen eine andere Wirklichkeit zu sehen ...

Nicht weit von der Höhle in Hal Saflieni lag der Tempel von Hal Tarxien, den Corto ebenfalls oft aufsuchte. Die Steine, aus denen der Tempel errichtet ist, sind über 5000 Jahre alt. Diese Monolithen, die erstaunlich kunstvoll behauen und aufeinandergeschichtet sind, erinnerten Corto an die Erzählungen seines Vaters von Stonehenge in der Ebene von Salisbury in England. Das Spiralenmuster auf einem der Grundsteine des Tempels beeindruckte ihn besonders. In einem Buch hatte er Abbildungen von irischen Schmuckstücken und Skulpturen gesehen. Es waren die vom Mittelmeer bis zum Nordmeer verbreiteten Sonnensymbole der

In den Texten und Bildern der hebräischen Renaissance-Bibeln fand Corto Maltese die Poesie und die Weisheit der Heiligen Schrift. Er erlernte die Entschlüsselung der Geheimnisse und erfuhr die Erleuchtung, die mit dem Aussprechen der geheiligten Worte einhergeht.

Die Symbole am Tempel von Tarxien stellen den Kreislauf der Sonne und die drei Urelemente Wasser, Luft und Feuer in Einheit mit dem Universum dar. Sie gehören einer Kultur an, die auf den Britischen Inseln und an den Küsten des Atlantiks herrschte.

DIES IST MEINE
URGROSSMUTTER,
EINE RECHT LIEBENS-
WÜRDIGE HEXE.
DESHALB BESITZT
SIE AUCH NUR EINEN
BESEN ZWEITER KLASSE.
ABER DURCH SIE HABE
ICH EINE ZAUBERHAFTE
VERWANDTSCHAFT:
POOKAS, KOBOLDE,
BROWNIES, PIXIES,
KORRIGANS – UND AUSSER-
DEM EINEN BECHER
MIT GOLD-DUBLONEN
VON DER „UNBESIEGBAREN
ARMADA".

Die Skelette von Kap Hoorn

Triskells, eines Volks von Bauern und Seefahrern, die einen Himmelsgott verehrten.

Aber es ist gefährlich, solchen Phantastereien zu sehr nachzugeben. Allmählich nahmen diese Träume die Form von Besessenheit an, das Meer und der Horizont wurden zu einer unerträglichen Lockung, denn dahinter lagen ja immer neue Ufer, immer neue, unbekannte Länder. Und die Seeleute in den Häfen Maltas wußten von übersinnlichen Begebenheiten zu berichten. Unermüdlich erzählte ein alter Mastwächter die düstere Saga von der »Marlborough«, einem Kriegsschiff aus Glasgow, das die Meere mit einer Mannschaft aus Gerippen durchsegelte. Das Schiff hatte seine Passagiere und eine Ladung Schafe von Lyttelton auf Neuseeland nach England bringen sollen. Von der Magellanstraße signalisierte die »Marlborough«: »Alles wohlauf an Bord.« Und dann – nichts mehr. Jahre vergingen. Da sie nie in Glasgow ankam, nahm man an, sie sei mit Mann und Maus untergegangen. Der alte Seemann dagegen behauptete, er sei der »Marlborough« im Jahr 1900 vor der Insel St. Helena begegnet. Nur wenige Segel waren gehißt, die Mannschaft antwortete auf kein Signal, und bei näherem Hinsehen erkannte man ein Gerippe am Ruder. Dann verschwand das Schiff im Nebel. Aber der Alte behauptete steif und fest, eines Tages würde die »Marlborough« wieder auftauchen... Und das geschah in der Tat im Oktober 1913 (Corto trieb sich bereits seit einem Jahrzehnt in der Welt herum und erfuhr vom Ende der Geschichte in einem pazifischen Hafen). Ein Kap-Hoorner hatte die »Marlborough« vor Feuerland gesichtet, wo sie dahintrieb, Rumpf und Masten mit grünem Schimmel bedeckt. Als der Kapitän an Bord gegangen war, bot sich ihm ein grauenerregendes Bild: Auf den verfaulten Planken der Brücke lagen lauter vollständig bekleidete Gerippe, eins lehnte sogar noch am Ruder. Das Bordbuch, das völlig durchgeweicht und vom Salz zerfressen war, gab keinen Aufschluß über die Katastrophe. Es blieb unerklärlich, wie ein Schiff in den gefährlichsten Gewässern der Erde so lange mit einer Besatzung von Leichen hatte überdauern können. Manche Seeleute sahen darin den Beweis, daß Schiffe ein Eigenleben, eine Seele besaßen und daß die »Marlborough« selbst sich geweigert hatte, ihrer Besatzung in den Tod zu folgen.

Nachdem Corto den Geistern der Erde begegnet war, lernte er in den Geschichten der Seeleute die Gespenster der Meere kennen. Er wußte, sie waren gegenwärtig, selbst wenn – oder gerade weil – sie der Phantasie der Lebenden entsprungen waren. Die Begrenztheit seiner Insel – obwohl er im Jahr 1900 einmal nach China fuhr –, die hebräischen Schriftrollen und die alten Steine der rätselhaften Tempel begannen ihn zu langweilen, und er beschloß,

Gegen Ende des 19. Jahrhunderts segelten auf den Weltmeeren die schönsten Schiffe, die menschliche Kunstfertigkeit je erstellt hatte. Diese Drei- und Viermaster eroberten die Meere und stellten feste Verbindungen zwischen Dutzenden von Häfen auf der ganzen Welt her. Doch viele verschwanden für immer in den gefährlichen Nebeln.

die weitere Umgebung zu erforschen... Er schiffte sich auf dem Schoner »Vanita Dorada« (»Goldene Eitelkeit«) ein, der in La Valetta Station machte. Als er den Felsen von Gibraltar passierte, wanderten seine Gedanken zu seinem Vater, der ihm offenbar seinen Hunger nach Wind und Wellen vermacht hatte.

ICH ERINNERE MICH NOCH GENAU AN DEN TAG, AN DEM ICH EINE SCHACHPARTIE GEGEN EINE SCHÖNE SARAZENENFEE GEWANN. SIE SCHENKTE MIR ZUR BELOHNUNG EIN WUNDERSCHÖNES BESTICKTES KISSEN, DESSEN RAND MIT FRANSEN AUS DEN HAAREN VON CHRISTENKINDERN VON DER INSEL ZYPERN GESCHMÜCKT WAR. ABENDS BEIM EINSCHLAFEN BRAUCHT MAN NUR DEN KOPF AUF DIESES KISSEN ZU LEGEN, UM ZU TRÄUMEN, WAS MAN SICH WÜNSCHT.

DIE ZEICHEN DES SCHICKSALS

*Wie Corto Maltese es anstellte,
sich nicht von den Planetenbahnen beeinflussen zu lassen.*

IN DEN LETZTEN DREI WOCHEN IST IM DREI-TEUFELS-SPIEL SIEBENMAL DER SKORPION AUFGETAUCHT. ER IST DAS WASSERZEICHEN UND WIRD VON MARS UND PLUTO BEHERRSCHT...KREBS UND ZWILLING BEGLEITEN IHN...

Tarotspiel, 18. Jahrhundert

Golden-Rose-Mouths unfehlbare Karten

Poeticon astronomicon, Italien, Ende des 15. Jahrhunderts

Das Zeichen der Zwillinge oder Cortos falsches Zeichen

UND DER TIERKREIS TANZT SEINE EWIGE SARABANDE...

Wer mit den Kräften der Zeit spielt, entwirrt das Knäuel, in dem die Fäden der Orte, der Augenblicke, des Seins und des Geborenwerdens verwoben sind. Die Wahrheit wird sichtbar. Corto konnte nur in Meeresnähe geboren werden, wo die weiten Horizonte die Enge der Grenzen vergessen lassen. Am Tag seiner Geburt stand die Sonne im 9. Haus im Quadrat zu Jupiter und Skorpion, was auf Abenteuerlust, Spielleidenschaft und Wagemut hinwies, die jedoch vollkommen gebändigt waren. Das Zeichen Uranus verlieh dem Neugeborenen ein gewisses Fluidum, Anziehungskraft und Charisma sowie unbändigen Freiheitsdurst.

Die Gefahr von Verrat und Verlust wurde zum Teil durch die Konjunktion von Jupiter und Mond gemildert, die Güte und Großzügigkeit versprach. Neptun in den Zwillingen gab ihm ein Gespür für Geheimnisse und die Begabung, das Wesen der Dinge zu erkennen. Für Gefühlstiefe und Sensibilität sprach Saturn im Löwen mit einem Mond-Trigon. Auf ungewöhnliche Freundschaftsbeziehungen wies Uranus in den Zwillingen hin, auf Gelassenheit und sorglosen Umgang mit der Zeit die Konjunktion von Saturn und Merkur. Die Kräfte der ferneren Planeten verliehen ihm den Sinn für Utopien, in denen sich die Träume der alten Kelten und die Visionen der Propheten vereinen.

Golden-Rose-Mouth behauptet, Corto sei im Zeichen der Katze – zwischen Zwillingen und Krebs – geboren, und daher habe er diese unwiderstehliche Anziehungskraft, die gleichzeitig teuflisch und heilig ist. Doch hier endet das Spiel. Über alle astrologischen Dogmen, Sternenkarten und Tabellen hinaus besteht Cortos unausweichliches Schicksal darin, sich dem Abenteuer des Menschseins zu stellen...

Die Planeten erschaffen die Zukunft nicht, sie geben uns nur die Möglichkeit, den Traum der Gegenwart ganz zu träumen.

CORTOS ASTRALE LEITMOTIVE VON MORGANA UND GOLDEN-ROSE-MOUTH

ER IST EIN ECHTER ZWILLING... ICH SEHE EINE VIELSCHICHTIGE PERSÖNLICHKEIT. ER LIEBT KOMPLIZIERTE SITUATIONEN UND GERÄT OFT IN SCHWIERIGKEITEN. DER ZWILLING VERMISCHT GERN „TRAUM UND WIRKLICHKEIT", UND DIESES SPIEL BETREIBT ER MIT LEIDENSCHAFT.

SEINE FARBE IST BRAUN.

QUECKSILBER IST SEIN METALL.

SEIN ARKANUM IM TAROT, DER MAGIER, TRÄGT DEN NAMEN HADOM: DIE INSPIRATION.

THESOGAR, VERASUA UND TEPISATOSQA SIND DIE GEISTER SEINES TIERKREISZEICHENS.

SEIN FEINDLICHER DÄMON SAMAHEL VERWEHRT IHM DAS IRDISCHE PARADIES. DOCH DER ERSTE WEIBLICHE DÄMON, LILITH, FRAU DES ADAMAH, IST IHM FREUNDLICH GESINNT. DEIN DÄMON ALEPHTA, LIEBER STEINER, IST MIT IHR VERWANDT.

FASZINIEREND, MORGANA, ABER BLEIB BEIM ZWILLING.

SEIN EDELSTEIN IST DER SARDONYX, EIN GLÜCKSBRINGER.

OFT TRÄGT ER EINEN EINGRAVIERTEN ADLER.

SEIN TIERKREIS-ZEICHEN.

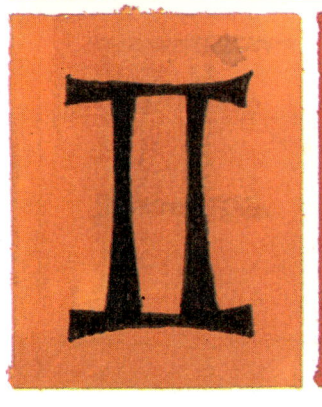

MERKUR, SEIN DOMINIERENDER PLANET. DER GRIECHISCHE GOTT DIONYSOS BEHERRSCHT DEN JUNI.

DIE ZWILLINGE SIND EIN LUFTZEICHEN, ZWITTRIG UND SONNENBESTIMMT.

DA ER DEN SAMEN DES STIERS IN SICH TRÄGT, ERKENNT ER DESSEN WEIBLICHE UND MÄNNLICHE ANTEILE.

DIE ZWILLINGSGEBORENEN SIND STÄNDIG AUF DER SUCHE NACH GENUSS. DAS GLÜCK IHRER FAMILIE UND IHRER FREUNDE LIEGT IHNEN SEHR AM HERZEN. SIE LASSEN SICH AUF ALLES EIN, SIND ABER UNBERECHENBAR UND IMMER FÜR EINEN SPASS ZU HABEN. MIT EINEM ZWILLING ZU LEBEN IST SCHWIERIG, DENN ER IST KAUM ZU BÄNDIGEN.

OFT WIRD IHM VORGEWORFEN, ER SEI EGOISTISCH, UNZUVERLÄSSIG, LEICHTSINNIG UND FALSCH. ER LÄCHELT NUR ZU SOLCHEN VORWÜRFEN UND DENKT AN ETWAS ANDERES. DOCH SEIN LÄCHELN IST HINTERGRÜNDIG UND TRAURIG WIE DAS EINES CLOWNS.

ER TRÄGT DEN SCHLÜSSEL DES NILS IN SICH. SEINE BESCHÜTZER SIND TEZCATLIPOCA, DER SCHWARZE GOTT, UND YACATECUHTLI, DER GOTT DER REISENDEN UND KAUFLEUTE.

SEINE BLUME IST DIE MARGERITE.

WACHOLDER IST SEIN DUFT.

SEINE PLANETENZAHLEN SIND: 3, 8, 64, 280.

SEINE TIERE SIND DER AFFE,

DER PAPAGEI

UND DER FLIEGENDE FISCH.

| UM CORTO MALTESE EIN GENAUES HOROSKOP STELLEN ZU KÖNNEN, BRAUCHE ICH DEN TAG UND ORT SEINER GEBURT. | KOMM, STEINER, GEHEN WIR ZU IHM. | AM WIEVIELTEN JUNI BIST DU GEBOREN? |

ER IST DA OBEN.

GUTEN TAG, CORTO.

GOLDEN-ROSE-MOUTH! ICH HABE DAS SPIEL DER DREI SKORPIONE GESPIELT, ALLES IST FALSCH!...GANZ UND GAR!

ICH GLAUBTE IMMER, CORTO SEI ZWILLING, DABEI IST ER KREBS. ER IST AM 10. JULI GEBOREN.

NATÜRLICH, MEINE KLEINE MORGANA, IST CORTO MALTESE AM 10. JULI GEBOREN... ABER DU HAST DICH NUR EIN BISSCHEN GEIRRT...

| NICHT IM JUNI, SONDERN AM 10. JULI. | DAS IST UNGLAUBLICH! WIE KONNTE ICH MICH SO IRREN? ...AM 10. JULI... CORTO MALTESE IST KREBS. |

GANZ RECHT, KLEINE MORGANA. DIE ASTROLOGISCHEN GESETZE HABEN SICH 2000 JAHRE LANG NICHT VERÄNDERT. MAN HAT NICHT BEDACHT, DASS DIE ERDACHSE SICH IM LAUF DER JAHRHUNDERTE VERSCHIEBT. JA, DIE POSITION DER STERNE ÄNDERT SICH. WIR RECHNEN HEUTE 14 ZEICHEN ZUM TIERKREIS. DOCH DIE MEISTEN ASTROLOGEN IGNORIEREN DAS. WENN MAN JEDER KONSTELLATION 24 STATT 30 TAGE ZUSCHREIBT, ENTSTEHT RAUM FÜR ZWEI NEUE. MEINER MEINUNG NACH - UND DAS FINDET AUCH MEIN SCHÜLER NOSTRADAMUS - SIND DIES DAS SEEPFERD UND DAS ALTE ÄGYPTISCHE ZEICHEN DER KATZE, DAS MAN HEUTE DEN KLEINEN HUND NENNT, UND NICHT CETUS UND OPHIUCHUS, WIE EINIGE ROSENKREUZER GLAUBEN. DIE KATZE STEHT ZWISCHEN ZWILLING UND KREBS. DESHALB IST CORTO MALTESE, DER EIGENTLICH UNTER DEM ZEICHEN DES KREBSES ZUR WELT KOMMEN SOLLTE, IN WIRKLICHKEIT EIN KATZE-GEBORENER. ER TRÄGT ABER AUCH ZÜGE DES ZWILLINGS. DU SIEHST, MORGANA, DU HAST DICH NICHT ALLZUSEHR GETÄUSCHT.

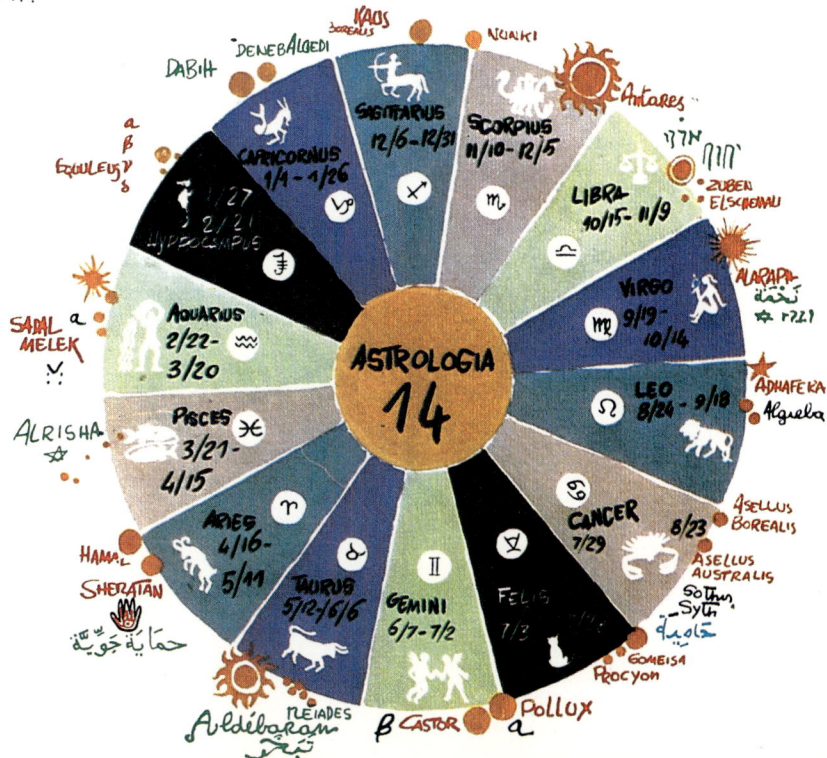

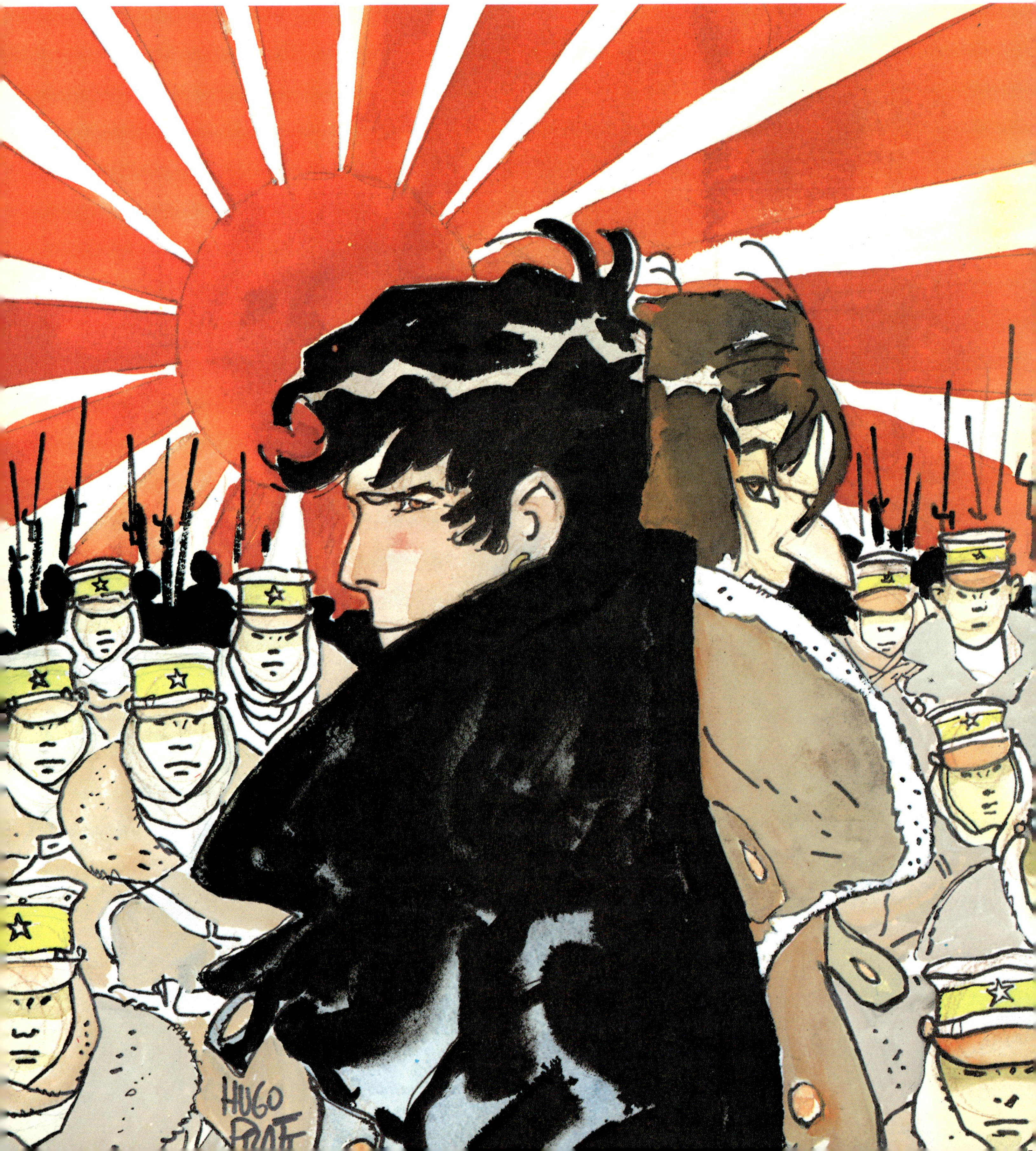
HUGO
PRATT

DIE AUFGEHENDE SONNE
1904/1905

*Wie Corto den Orient bereist, wo er Rasputin kennenlernt und
den ersten modernen Krieg des 20. Jahrhunderts erlebt.*

IN DER EBENE VON GIZEH BEGRIFF ICH DIE NICHTIGKEIT UNSERER FRAGEN NACH VERSCHWUNDENEN VÖLKERN.

DER SEGLER MIT DEM SCHÖNSTEN NAMEN DER WELT

Zu Beginn des Jahres 1904 war Corto Maltese knapp siebzehn Jahre alt. Er hatte auf der »Vanita Dorada« angeheuert und war nach einigen Fahrten in atlantischen Gewässern durch die Straße von Gibraltar wieder ins Mittelmeer gelangt. Ursprünglich wollte der Kapitän zum Golf von Guinea, aber nach einem Aufenthalt in Tanger beschloß er, kehrtzumachen und durch den Suezkanal nach Asien zu segeln.

Nachdem sie den Weg der »Mongolia« von der Peninsular and Oriental C° gekreuzt hatten, auf der fünf Jahre zuvor ein gewisser Thomas Edward Lawrence nach Beirut gekommen war, lag das Segelschiff am 26. Januar vor Alexandria. An diesem Tag meldeten die Telegraphen aller Welt den neuerlichen barbarischen Angriff japanischer Torpedos auf das russische Geschwader in Port Arthur. Der Russisch-Japanische Krieg im Fernen Osten war ausgebrochen. Im selben Moment verließ Corto − weit entfernt vom Kriegsschauplatz − seine Gefährten, um Kairo zu besuchen. Er wollte ein paar Tage später in Ismailia auf halbem Weg zwischen Port Said und Suez wieder zu seinem Schiff stoßen.

Die Karte von den Minen des Salomo

In Kairo, im Viertel von Al Qahirah, der »Siegreichen«, von der alte Schriften berichten, daß sie bei Aufgang des Planeten Mars-El Qaher erbaut wurde, ging Corto in den koptischen Bezirk Kasrech-Chamah. Er hatte eine Verabredung in der Synagoge, einer ehemaligen Kirche des St. Michael. Hier hatte Moses gebetet, und der Prophet Elias war ihm erschienen. Corto traf dort einen Rabbi, einen Schüler Ezra Toledanos, um ihm Nachrichten von seinem alten Lehrer zu überbringen. Corto blieb einige Tage in Kairo und wanderte in sengender Hitze zwischen den Pyramiden umher. Unter der Anleitung eines alten Priesters von der Kirche St. Sergius entzifferte er die antiken griechischen Papyrusrollen aus der Zeit des Ptolemäus.

Corto suchte Spuren einer sehr alten Geschichte. Zu Zeiten des Ottomanischen Reiches, als die Fahne des islamischen Halbmonds über den Ufern des Mittelmeers bis zum Roten

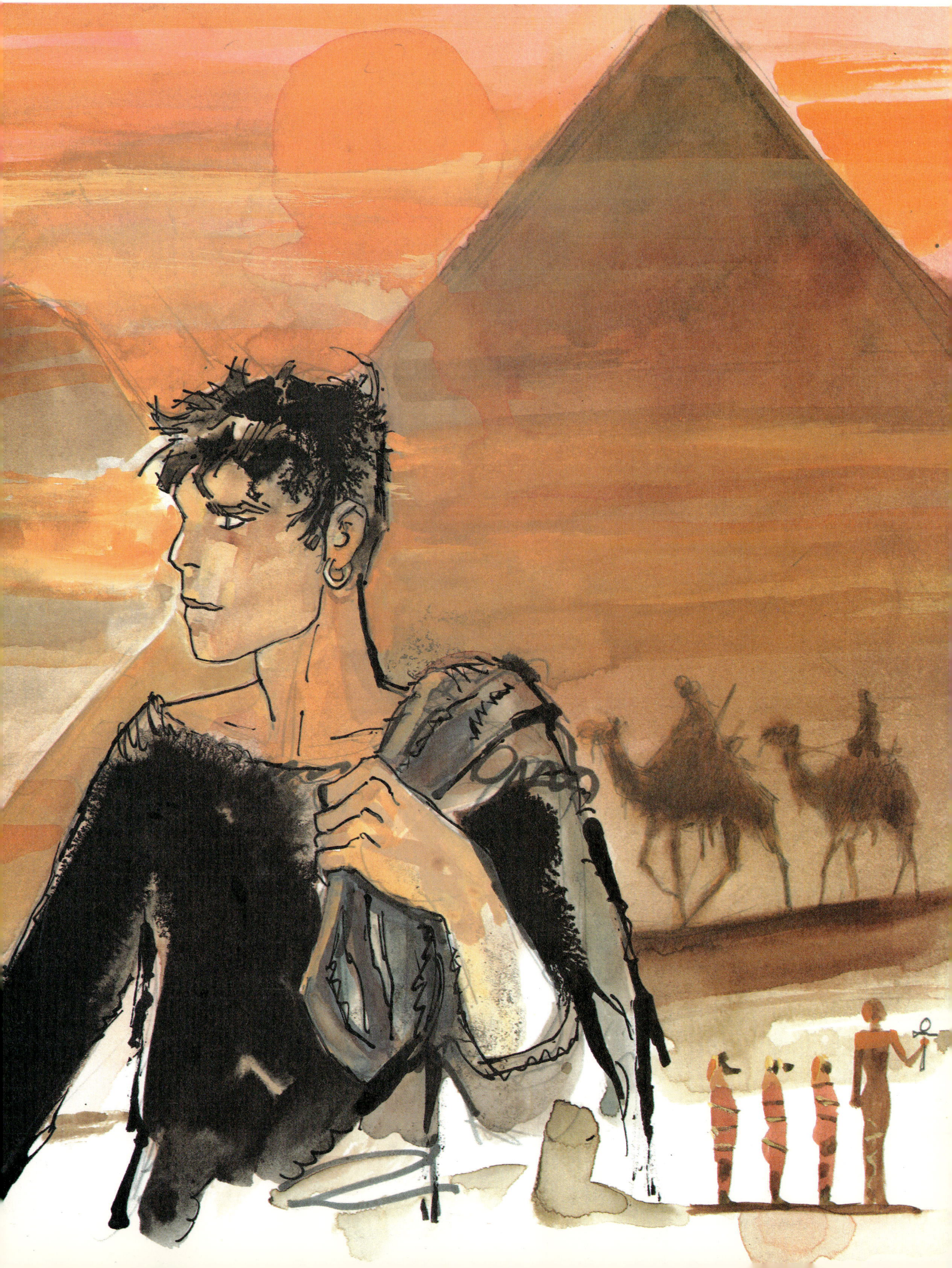

Meer und der Meerenge von Bab el-Mandeb wehte, hatte ein türkischer Offizier eine Karte gezeichnet, die nichts mit der Verteidigung des Sultanreichs zu tun hatte. Er stammte aus einem syrischen Dorf, in dem noch Aramäisch – die Sprache Jesu – gesprochen wurde. Er hatte die apokryphen Evangelien und die Bibel studiert, wo die Goldminen des Königs Salomo erwähnt werden. Der Überlieferung zufolge befanden sie sich im Land Ophir nahe dem Königreich von Saba, das der Türke in Danakil südlich von Asmera in Äthiopien vermutete. Der Soldat war aus dem Jemen über die Inseln Az Zuqur und Al Hanish al' Kabir nach Afrika gekommen und gelangte an einen Ort, wo er angeblich Spuren von Höhlen fand, die von den Bergleuten des Königs von Israel angelegt worden waren. Er verzeichnete ihre genaue Lage auf jener Karte. Niemand schenkte den Hirngespinsten des Offiziers Beachtung, und er starb 1895 in der Nähe von Jaffa bei einer Rauferei.

Doch die Karte war erhalten geblieben. Wie sie nach Kairo und in den Besitz eines alten Rabbi gelangt war, der sie Corto bei einer flüchtigen Begegnung im Schatten der Pyramiden aushändigte, ist nicht mehr festzustellen . . .

Im Februar traf Corto in Ismailia wieder auf seine Gefährten, ohne die Minen Salomo zu erwähnen. Wie vorgesehen, durchquerte das kleine Schiff das Rote Meer und legte in Aden an. In der Folge liefen sie die Häfen von Maskat, Karatschi, Bombay, Colombo, Madras, Rangun, Singapur, Kowloon, Schanghai und T'ien-Tsin an, von wo Corto sich auf den Weg nach Peking machte. Kurz darauf erreichte er die Mandschurei und machte Station in Mukden oder in Feng-Wang-Chang (die Quellen weichen hier voneinander ab . . .) nahe der koreanischen Grenze, mitten im russisch-japanischen Kampfgebiet.

Das Heilige Rußland der Aufgehenden Sonne

Er schloß Freundschaft mit dem zwölf Jahre älteren Amerikaner Jack London. Dieser Journalist war bereits berühmt geworden durch seine Berichte, Reportagen und zwei Bücher, die einige Monate zuvor erschienen waren: »The Call of the Wild« (»Der Ruf der Wildnis«) und »The People of the Abyss« (»In den Slums«), ein unbestechliches Zeugnis vom Leben der Armen in London. Jack London war einer der wenigen Journalisten, denen es im Russisch-Japanischen Krieg gestattet war, die Nippon-Regimenter nach Korea zu begleiten. Doch er empörte sich über den Artikel vier der Bestimmungen der Ersten Armee, der vorschrieb, daß »die Kriegsbeobachter ein angemessenes Verhalten zur Schau zu tragen und unter keinen Umständen die Räume des Hauptquartiers zu betreten haben«.

Jack London schickte vierundzwanzig Berichte an seine Zeitung, bevor er im Sommer 1904 angewidert in die Vereinigten Staaten

MUKDEN, MANDSCHUREI, 1904-1905.

1904. Die Geschütze von Port Arthur konnten die Einheiten Nippons nicht abwehren, die die russische Flotte im Hinteren Orient vernichteten. Gleichzeitig besetzte die japanische Armee Korea und drang in die Mandschurei ein.

DIE JAPANER HATTEN OFFEN DEN KRIEG VORBEREITET, WÄHREND DIE RUSSEN – VOLL STOLZ UND ÜBERHEBLICHKEIT – KEINEN ARGWOHN SCHÖPFTEN UND SICH ALS UNFÄHIG ERWIESEN, DEM GEGNER DIE STIRN ZU BIETEN.

zurückkehrte, ohne den Ausgang der Kämpfe abzuwarten. Er verließ den Kriegsschauplatz mit der Gewißheit, diesen Beruf nicht mehr ausüben zu können, wie er in einem Zeitungsartikel vom 27. Juni 1904 unter der Überschrift »Japanische Offiziere erklären alles zum Militärgeheimnis« ausführte: »Ich begann meine Tätigkeit voll hoher Ideale von der Aufgabe des Kriegsberichterstatters. Ich weiß, daß die Sterblichkeitsrate von Kriegsberichterstattern höher ist als die von Soldaten. Ich erinnere mich, daß bei der Belagerung von Khartum und dem Befreiungsversuch durch Wolseley viele Korrespondenten umgekommen sind. Ich hatte ›The Light that Failed‹ von Rudyard Kipling gelesen. Ich kenne Stephen Cranes Berichte vom Kampf um Kuba. Ich hatte gehört – mein Gott, was hatte ich NICHT gehört? – von ungezählten Korrespondenten in ungezählten Schlachten und Gefechten, die sich mitten ins Getümmel begaben, wo der Kampf am heißesten tobte und von wo sie unauslöschliche Eindrücke mitnahmen. Kurz, ich ging in den Krieg mit der Erwartung großer Erschütterungen. Meine Erschütterung bestand lediglich in Abscheu und Verärgerung.«

Einen Monat vor diesem enttäuschten Artikel schrieb Jack London einen Brief, in dem er von seinem Tagesablauf berichtete, der in völligem Gegensatz zu den grausamen Schlachten in der Umgebung von Feng-Wang-Chang stand: »Ich kampiere in einem hübschen Nadelwald am Hang eines Hügels. Gleich nebenan steht ein Tempel. Wir haben herrliches Sommerwetter. Frühmorgens werde ich vom Gesang der Vögel geweckt. Um halb sieben rasiere ich mich. Manyoungi, mein koreanischer Boy, bereitet meine Mahlzeit und bedient mich. Sakai, mein Dolmetscher, putzt meine Stiefel und empfängt meine Weisungen ... Frühstück um sieben. Danach ringe ich mir etwas für den »Examiner« ab, das ich aus der Luft greife. Vielleicht gehe ich später aus und mache ein paar Fotos, die ich nicht abschicken kann, weil der Zensor den Versand von unentwickelten Filmen untersagt und ich hier nicht die nötigen Chemikalien und Hilfsmittel habe.«

Wie Jack London beschränkten sich auch die anderen Korrespondenten darauf, die wenigen Informationen aufzuschnappen, die die japanischen Offiziere ihnen zum Fraß hinwarfen. Corto Maltese dagegen kümmerte sich nicht um die Kämpfe zwischen den beiden Imperien – ebensowenig wie die unerschütterlichen Chinesen, unter denen er sich fast ausschließlich aufhielt.

Corto erinnert sich an seine afrikanischen Träume, an die Fata Morgana der Minen Salomos, und verläßt im Jahr 1905 Asien, um den Schwarzen Kontinent aufzusuchen. Ein seltsamer Gefährte begleitet ihn, ein Mörder und Halsabschneider: Rasputin. Der Mann, der den

Den frühen Kriegsberichterstattern war es kaum möglich, Zeuge vom Tod eines Soldaten zu werden.

1904 schloß Corto Freundschaft mit Jack London, dem Sonderkorrespondenten des »San Francisco Examiner«, einer auflagenstarken Tageszeitung, die William Randolph Hearst gehörte.

Waffenstillstand verletzte, und das nicht aus Patriotismus angesichts der militärischen Niederlage seines Zaren, sondern weil man ihn nicht nach seiner Meinung gefragt hatte. Ebensowenig wie zur Kriegserklärung übrigens. Seit diesem rebellischen Akt führte er seinen Privatkrieg ...

KAUKASIER AUS TEREK, SOLDAT IN EINEM SIBIRISCHEN BATAILLON.

GEORGIER
AUS KASBEK

TÄNZER
AUS LESCHINSKA

Als Corto Jack London kennenlernte, trug dieser noch das vertrauensvolle, fast naive Lächeln zur Schau, das man von frühen Fotografien kennt.

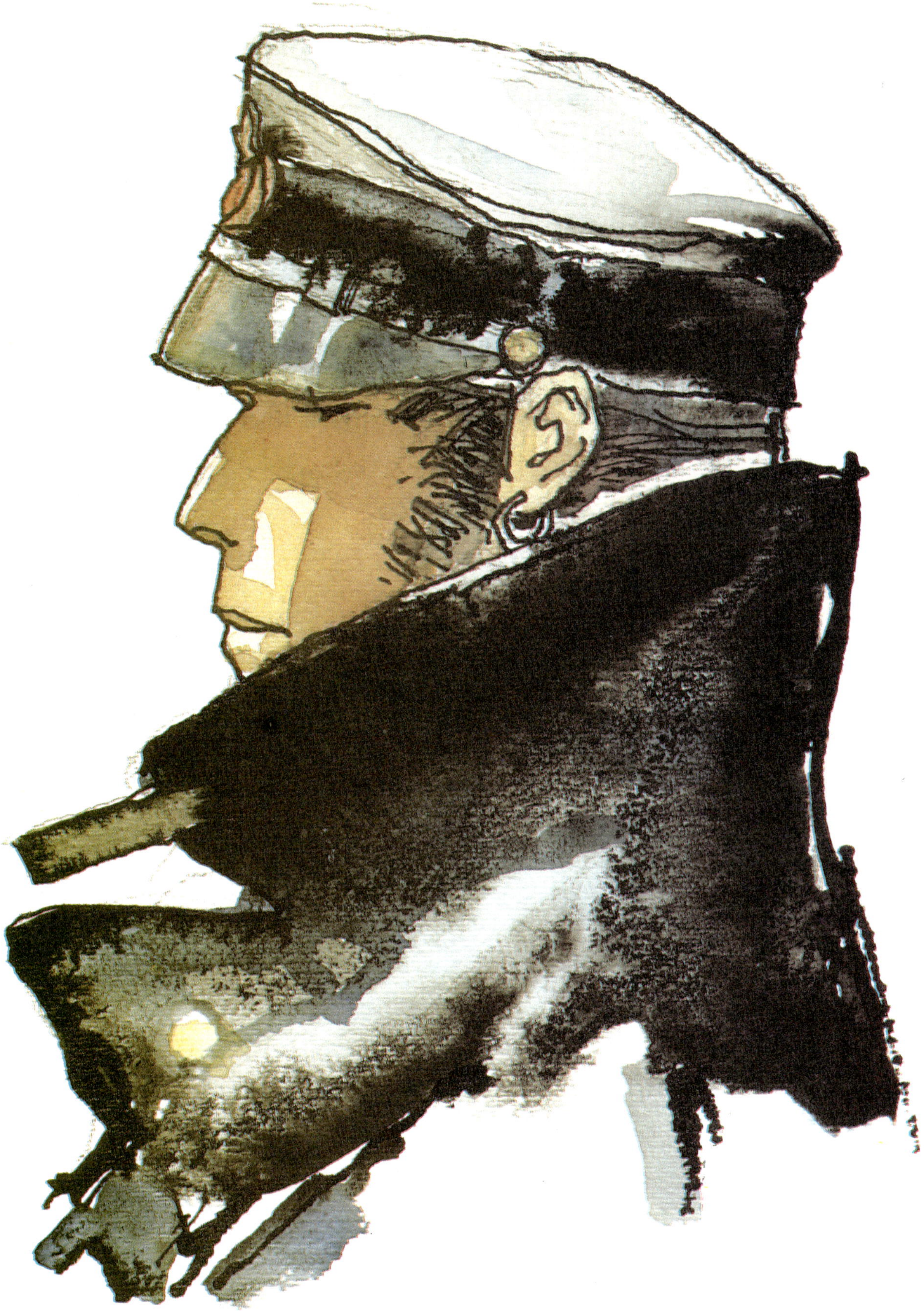

DIE ENTDECKUNG AMERIKAS
1905 / 1913

Wie Corto Maltese und sein russischer Begleiter in Afrika die Minen Salomos suchen wollen und völlig mittellos in Amerika landen.

Robert Leroy Parker alias Butch Cassidy zur Zeit seiner ersten Heldentaten.

ABENTEUER ZWISCHEN DREI KONTINENTEN

Corto ging in Tangku unweit von Tientsin an Bord eines Schiffes mit dem Ziel, in Afrika das goldene Erbe der Königin von Saba zu suchen. Er reiste mit leichtem Gepäck, darunter seine kostbare Schatzkarte, und mit Rasputin, seinem Schatten. Das Schiff nahm Kurs über Schanghai, Hongkong, Luzon auf den Philippinen, Djakarta, Singapur, Colombo nach Aden, von wo die Expedition auf einer in Obock gemieteten Dau aufbrechen sollte. Aber die Häfen locken, und der Seemann kennt die Treue nicht... Die Besatzung hatte ihre Offiziere satt. Vom Kohlentrimmer bis zum Smutje meuterte sie auf offenem Meer mitten in der Celebessee vor der Insel Sangir. Corto blieb seinem Prinzip der Nichteinmischung in fremde Angelegenheiten treu und nahm nur als Zuschauer an dieser Neuauflage der »Meuterei auf der Bounty« teil. Rasputin konnte zunächst seinem Hang zur Gewalttätigkeit frönen, bis ein kräftiger Schlag mit einem Bleirohr ihn ebenfalls in eine passive Rolle verwies.

Das Schiff wie die aufsässige Besatzung verloren sich in den Nebeln Indonesiens. Die beiden Afrika-Reisenden wurden – wie in solchen Fällen üblich – in einem Boot ausgesetzt. Ein Frachtschiff auf dem Weg nach Amerika nahm sie auf. Nach einigen weiteren Etappen, die ohne Zwischenfälle verliefen, erreichten sie Chile und betraten in Valparaiso festen Boden, durch zwei Ozeane von ihrem ursprünglichen Ziel getrennt. Und die Minen Salomos warten noch immer auf ihre Entdeckung...

Von Valparaiso aus erreichten Corto und Rasputin nach einer siebenstündigen Bahnfahrt Santiago, aber Chile reizte die beiden nicht, und so kamen sie einen Monat später nach Argentinien. Dort trafen sie auf einen der faszinierendsten Männer der amerikanischen Geschichte: Butch Cassidy, eigentlich Robert Leroy Parker, geboren 1867 in Circleville in Utah. Er war Mitglied einer berüchtigten Bande von ehemaligen Rinderzüchtern, die von den Viehbaronen ruiniert und in die Gesetzlosigkeit getrieben

HUGO VALENZUELAS

SUNDANCE

DIMAIO (PINKERTON)

ICH HABE SIE GUT GEKANNT, DIESE AMERIKANISCHEN BANDITEN, DIE LANDESWEIT GESUCHT UND ZEHNMAL AN UNBEKANNTEN ORTEN ALS TOT GEMELDET WURDEN.

BUTCH CASSIDY HATTE ETWAS VON ROBIN HOOD, DEM
GROSSHERZIGEN BANDITEN UND KÄMPFER GEGEN
DAS UNRECHT. CORTO MALTESE FAND IN IHM
EINEN TREUEN FREUND.

worden waren. Zu dieser wilden Meute — »The Wild Bunch« nannte man sie im Westen — zählten auch Harvey Logan, Ben Kilpatrick und vor allem Harry Longbaugh, ein texanischer Cowboy, der den Rinderbaronen in der Umgebung von Sundance, Wyoming, das Vieh stahl und den man deshalb »Sundance Kid« nannte. Butch sammelte diese und ein paar Dutzend weitere Männer um sich — es waren an die hundert Bewaffnete — und formte sie zu einer disziplinierten Gruppe von hervorragenden Reitern und Schützen. Sie stahlen die Rinder der Großgrundbesitzer und halfen den kleinen Viehzüchtern, was ihnen von Mexiko bis Kanada zu ungeahnter Popularität verhalf. Gegenüber den schwerreichen »Diebsbaronen« trat Butch auf wie ein neuer Robin Hood.

Der wilde Ritt der berüchtigten Banditen

Am 19. September 1900 überfiel »The Wild Bunch« die Bank in Winnemucca in Nevada. Sie erbeuteten 32 000 Dollar. Am 13. Juli 1901 griffen sie in Wagner, Montana, den Expreß der Great Northern Railroad an. Doch wenige Monate darauf löste die Bande sich auf. Harvey Logan schoß sich am 4. Juni 1904 eine Kugel in den Kopf. Ben Kilpatrick wurde acht Jahre danach in Texas getötet. Inzwischen hatten Cassidy, Longbaugh und seine Geliebte Etta Place die USA verlassen und waren nach Südamerika

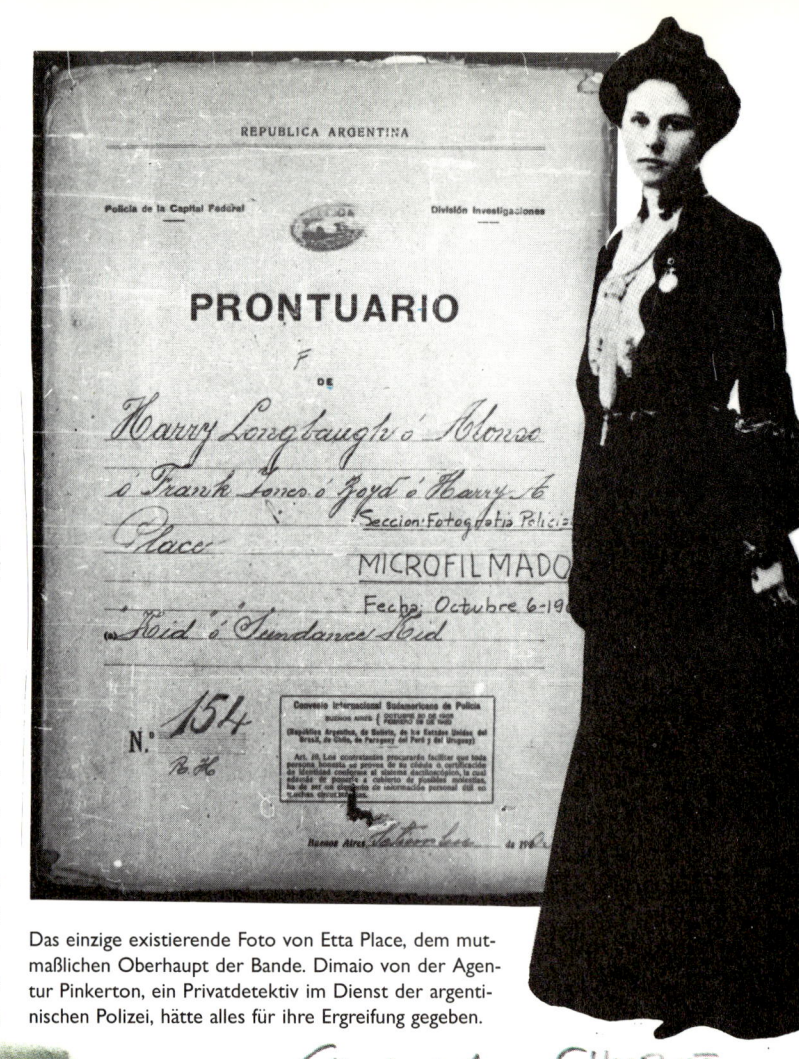

Das einzige existierende Foto von Etta Place, dem mutmaßlichen Oberhaupt der Bande. Dimaio von der Agentur Pinkerton, ein Privatdetektiv im Dienst der argentinischen Polizei, hätte alles für ihre Ergreifung gegeben.

ETTA PLACE, NICHTE DES COUNT OF ESSEX. SIE WAR MITGLIED VON „THE WILD BUNCH".

gegangen. Von New York aus fuhren sie mit dem Schiff nach Buenos Aires und kauften eine Ranch im Inneren Argentiniens. Sie verlegten sich wieder auf den Viehdiebstahl zum Schaden der reichen europäischen Einwanderer, die auf ihren ausgedehnten Ländereien die »peones« Blut und Wasser schwitzen ließen. Die empörte argentinische Regierung erklärte den Kämpfern gegen die Profitgier den Krieg. Doch die Umzingelung der Aufsässigen erforderte nicht weniger als eine ganze Provinzarmee. Da er sich verloren sah, erschoß Cassidy zuerst Harry Longbaugh und dann sich selbst – zumindest stand es damals so in den Zeitungen ...

Für Corto erschöpfte sich die Entdeckung Amerikas nicht in der Bekanntschaft mit Cassidy im Jahr 1906. Nach einem kurzen Aufenthalt in Europa, über den nichts weiter bekannt ist, fuhr er zurück nach Argentinien und blieb eine Weile in Buenos Aires. Er wohnte im Hotel »Drowning Maud«, wo er Jack London wiedertraf und einen weiteren hoffnungsvollen amerikanischen Schriftsteller kennenlernte: Eugene O'Neill. Dessen Herz gehörte der See, und schon im Alter von neunzehn Jahren blickte er »hinter den Horizont« – »beyond the horizon«, eine beliebte Redewendung Cortos, die später den Titel für ein Bühnenstück O'Neills abgeben sollte, das 1920 erfolgreich aufgeführt wurde.

Von 1907 bis 1913 ist Corto ständig unterwegs. Er taucht in den verschiedensten Hafenstädten auf und reist immer überraschend mit unbekanntem Ziel wieder ab. Sicher ist, daß er 1907 in Italien und 1910 in Mexiko war. Möglicherweise war er 1909 in Marseille, 1911 in Tunis und London, wo er als Matrose auf einem großen Segelschiff nach Südamerika anheuerte. Doch in Salvador de Bahia desertierte er, weil er offenbar ein Traumziel gefunden hatte. Jedenfalls zog er die Stille des Strandes von Itapoa dem Gebell der Befehle an Bord vor.

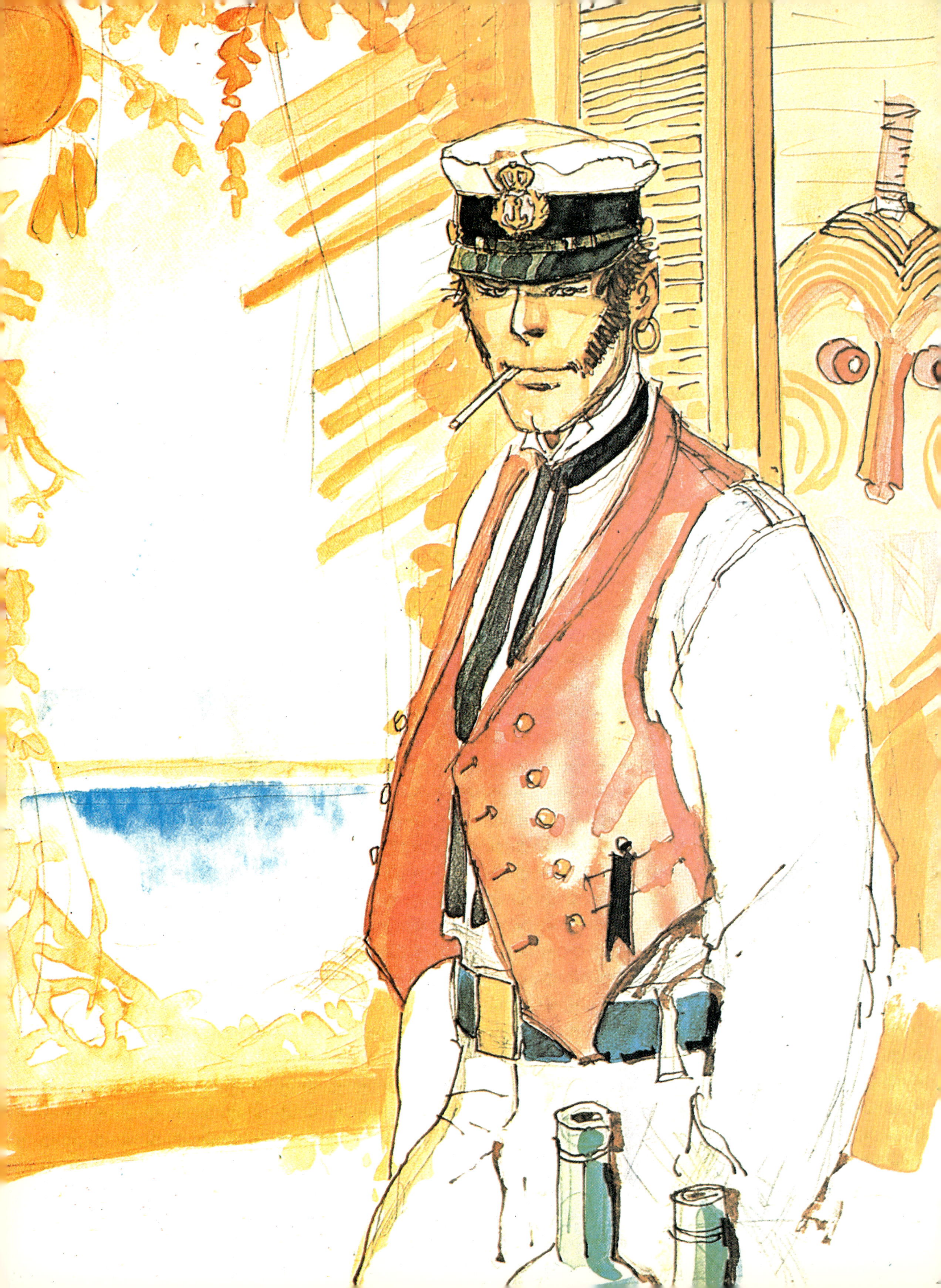

DIE VERBORGENE INSEL
1913/1914

*Wie Corto unter die Piraten geht und auf Geheiß
eines geheimnisvollen Mönchs den Pazifik unsicher macht.*

AUF DEN WELLEN DES PAZIFISCHEN OZEANS

Östlich der Insel Choiseul, die ungeachtet ihres französisch klingenden Namens zum englischen Empire gehörte, nahmen Rasputin und seine Fidschi-Besatzung Cain und Pandora Groovesnore auf. Die beiden waren Schiffbrüchige von der »Mädchen aus Amsterdam«, einem stolzen Schoner, der auf seiner Fahrt von Corail zum Salomonarchipel in einen der gefürchteten pazifischen Stürme geraten war. Dieser 1. November 1913 schien der Glückstag der Todgeweihten zu sein, denn Rasputin fischte einen weiteren Schiffbrüchigen auf, der an ein kümmerliches Floß gefesselt dahintrieb: Corto Maltese. Ihn hatte man nach einer Meuterei auf diese Weise seinem Schicksal überlassen.

Die beiden Männer begegneten sich auf ihren abenteuerlichen Wegen rund um den Globus immer wieder. Zudem standen sie in den Diensten desselben Mannes, des geheimnisvollen »Monaco«, unangefochtener Piratenkönig zwischen Neuguinea und Australien. Zu den Piraten zählte Corto sich ebenfalls seit Beginn des Jahres 1913. Nachdem er sich eine Weile an den Küsten Indonesiens herumgetrieben hatte, war er in die Gesetzlosigkeit abgeglitten: ein Glücksritter in allen Häfen von Indonesien bis hin zu denen der Tongainseln, die auch den schönen Namen »Inseln der Freundschaft« tragen. Doch Corto war kein sehr erfolgreicher Pirat. Was ihn an diesem Beruf reizte, waren die Freiheiten, die Entdeckungen und Begegnungen, nicht aber das Rauben und Morden. Ein wenig Schmuggel, ein Waffenhandel dann und wann genügten ihm. Er liebte das Umherstreunen zwischen den zahlreichen Archipelen. Es gefiel ihm, mit ein bißchen Geld in der Tasche einzulaufen, wenn die Pirogen der heiligen Häuser von Malaita ausliefen, wenn die jungen Männer nach der zweijährigen rituellen Klausur auf ihren ersten Fischzug gingen. Mit ihnen hatte Corto das Blut des großen Thunfischs mit dem gestreiften Rücken getrunken, um sich dessen Kraft einzuverleiben.

Escondida, die verborgene Insel, barg viele Geheimnisse für Glücksritter aus aller Welt. Dort verkaufte ein seltsamer Mönch, der über fast unbekannte Eingeborenenstämme herrschte, Kohle an die preußische Marine. Im Januar 1915 eroberten die Briten die Insel.

ICH WAR ALS PIRAT NICHT BESONDERS GUT, ABER ICH LIEBTE DIE FREIHEIT, DIE ENTDECKUNGEN, DIE BEGEGNUNGEN, DIE SPRÜNGE VON EINEM ARCHIPEL ZUM ANDEREN.

Spitze Mützen und Pirogen

Das Jahr 1914 verbrachte er auf und in der Umgebung der Insel Escondida (169° westliche Länge, 19° südliche Breite). Es war die »verborgene Insel«, Wohnsitz des Mönchs, der mit den Deutschen lukrative Geschäfte machte, denn sie waren reich an Gold, aber arm an Kohle. Die Preußen brauchten diesen Mann und seinen Treibstoff für ihre Kriegsschiffe, die den Pazifik durchkämmten, um Kaiser Wilhelm II. die überseeischen Kolonien zu sichern. Denn damals gab es einen »Deutschen Pazifik«. Er reichte von der Halbinsel Shandong in China über die Marianen-Inseln, die Karolinen, die Gilbert-Inseln, die Palau-Inseln bei den Philippinen, der Bougainville-Insel im Salomon-Archipel bis zu jenem Teil Neuguineas, den die Holländer und die Briten nicht für sich gewonnen hatten. Des weiteren gehörten dazu der Bismarck-Archipel mit Neupommern (später umbenannt in Neubritannien), Neumecklenburg (später Neuirland), Neuhannover (die Insel Lavongai) sowie einige weniger bedeutende größere und kleinere Inseln. Noch heute findet man auf der Landkarte von Neuguinea die Hafenstadt Finschhafen, den Berg Wilhelm und eine Bergkette, die den Namen Bismarcks trägt.

Um ihre Territorien zu sichern und den Franzosen und Engländern (die weit mächtiger waren, unter anderem durch den Giganten Australien) standzuhalten, operierten die Deutschen mit nur wenigen Kriegsschiffen, darunter die »Walküre«, die Tahiti bombardierte und die ganze Stadt verwüstete, bevor sie selbst bei Samoa zerstört wurde. Doch die Kräfte waren zu ungleich verteilt, und innerhalb weniger Monate verschwanden die Deutschen aus dem Pazifik. Die Alliierten holten mit Unterstützung der Japaner (die Kiautschu besetzt hielten) die Kriegsfahne der Hohenzollern in diesem Teil des Pazifiks ein.

Während einiger Monate wurde Corto in sporadische Gefechte verwickelt. Am 19. Januar 1915 verließ er mit Rasputin die Insel Escondida, die von den Briten besetzt worden war, und nahm Kurs auf Pitcairn. Dort wollten sie mit dem Mönch und seinem Leutnant Taki Jap zusammentreffen. Da Rasputin von den Engländern bei deren Landung auf Escondida nicht erschossen wurde, begegnen wir den beiden Abenteurern in der »Südseeballade« wieder, die vom traurigen Schicksal der Familie Groovesnore berichtet.

Zwischen Escondida und Pitcairn liegen etwa 4600 Meilen, also fast ein Monat zu Schiff. Der Entschluß, diesen winzigen Punkt (5 km²!) im Weltmeer anzusteuern, hatte einen ironischen Hintergrund. Auf dieser Insel landeten am 23. Januar 1790 die Männer der »Bounty« – Fletcher Christian ging hier nach einem ersten Aufenthalt auf Tahiti mit neun seiner Leute, zwei Inselbewohnern aus Tubuai, vier aus Tahiti und zwölf Tahitianerinnen an Land. Christian starb zwei Jahre nach seiner Ankunft auf Pitcairn, doch die Inselbewohner betrachten ihn noch heute als den Gründer ihrer Siedlung. Viele tragen seinen Namen.

Pitcairn liegt völlig isoliert. Bis zu den nächsten bewohnten Inseln im Westen sind es 500 Kilometer, im Süden gibt es nur noch die Gletscher der Antarktis.

Als Corto und Rasputin Ende Februar 1915 dort landeten, wurden sie lebhaft begrüßt. Die gewaltige Glocke auf dem Marktplatz läutete fünfmal, wie immer bei der Ankunft eines Schiffs, selbst wenn es sich um ein noch so bescheidenes Boot handelte. Abends am knisternden Feuer aus Bancoulnüssen (den Doodooees, wie sie auf der Insel heißen) lauschte Corto der Geschichte von der berühmtesten Meuterei im ganzen Pazifik. Genug, um auch einen Gelegenheitspiraten wie ihn nachdenklich zu stimmen...

ICH STAUNTE IMMER WIEDER ÜBER DIE WINZIGEN, ZERBRECHLICHEN BOOTE AUF DIESEM MÄCHTIGSTEN OZEAN DER WELT.

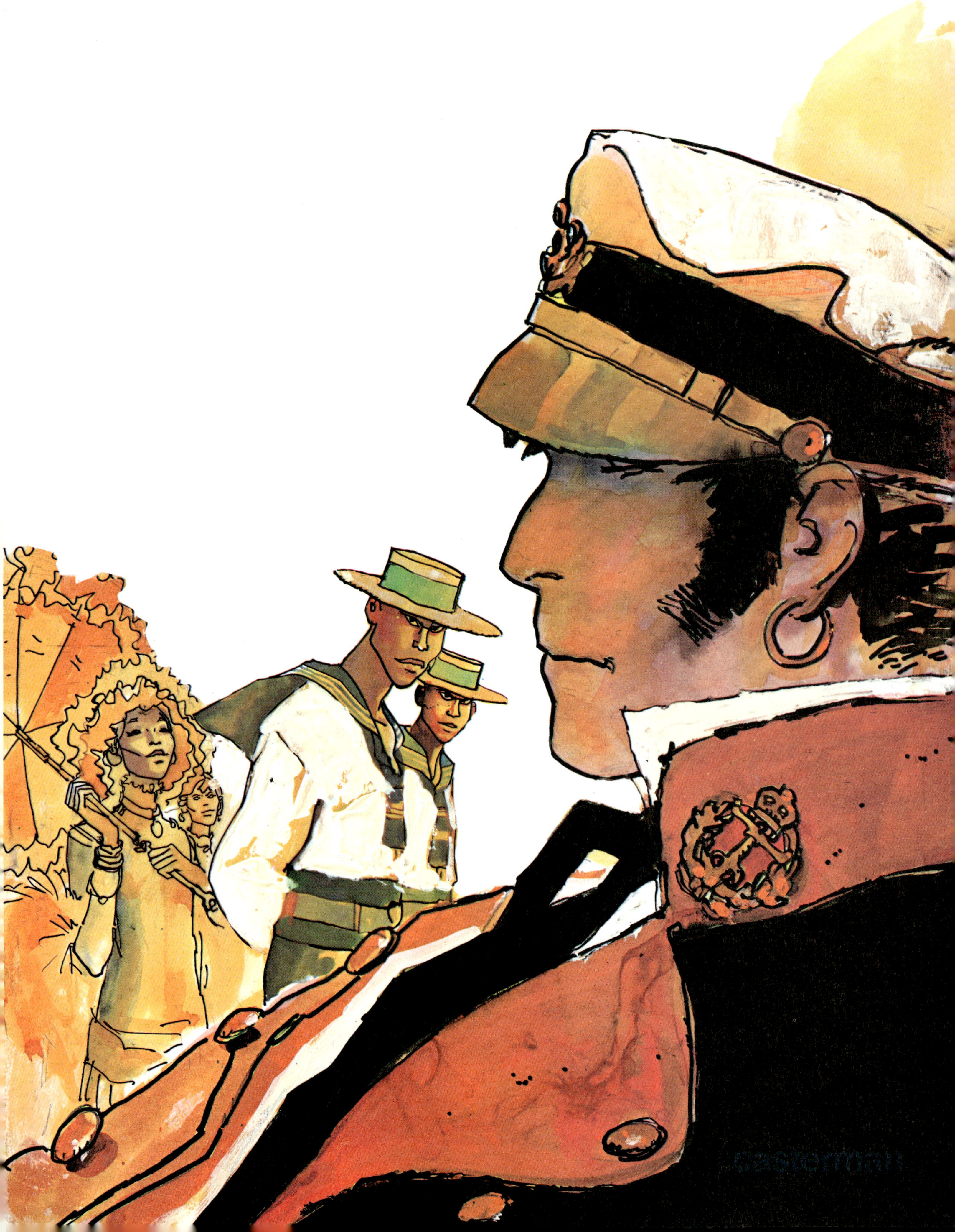

ABENTEUER UNTERM WENDEKREIS DES STEINBOCKS
1915 / 1917

*Wie Corto Maltese zwischen den Antillen und der Lagune
von Maracaibo, zwischen den Häfen von Bahia und Paramaribo umherreist
und schließlich im Amazonasbecken landet.*

AUF SCHATZSUCHE ZWISCHEN PANAMA UND BAHIA

Auf dem Weg von Pitcairn machte das Schiff halt auf den Osterinseln, auf Sala y Gomez, im Hafen von Iquique in Chile, wo die Kap-Hoorner ihre Phosphatladungen aufnahmen. Dort nahm man ein Küstenschiff, das Callao und Guayaquil am Äquator anlief, die letzte Station vor Panama, am gleichnamigen Isthmus, der zwei Ozeane verbindet.

Corto Maltese und Rasputin kamen im August 1915 dort an. Wo der Golf sich gegen die Meere des Südens öffnet, zwischen Kolumbien und Costa Rica, liegt Panama, das seine Existenz dem Kanal verdankt, dessen Bau die Vereinigten Staaten beendeten, nachdem die Franzosen dabei das Geld ihrer Investoren und Ferdinand Lesseps seinen Ruhm als Erbauer des Suezkanals verspielt hatten. Am 15. August 1915 feierte man zwischen den Schleusen von Miraflores und Gatun ausgelassen das einjährige Jubiläum dieser Wasserstraße, die durch den Graben von Culebra den Pazifik mit dem Atlantik verbindet. Vielleicht trennten sich Corto Maltese und der schlimme Russe dort beim Klang der Cumbas und Congas, unter dem Einfluß von Voodoo-Riten vom Perlen-Archipel, beim Tamporistos, dem Nationaltanz, der die Rhythmen aus dem Erbe der Konquistadoren und die der Eingeborenentradition vereint.

Gefangene sind wir alle

Rasputin ging bei den Cuña-Indianern vor Anker und suchte sein Glück auf den 500 Koralleninseln des Archipels von San Blas. Corto nahm den Landweg über den alten »Camino Real«, auf dem früher das Silber Perus transportiert wurde, nach Colón mit seinen Holzhäusern, die von den jamaikanischen Arbeitern beim Kanalbau errichtet worden waren. Einige Wochen später erstand er mit Geldmitteln zweifelhafter Herkunft eine Jolle und ließ sich in Paramaribo in Holländisch-Guayana nieder. Dort genoß er die Reize der Hafenstadt: das Völkergemisch, den Cocktail der Kontinente. Zwischen den Nachkommen der 1862 freigelassenen schwarzen Sklaven, den entflohenen Häftlingen des nahe gelegenen französischen

Im Norden von Cayenne liegt die Teufelsinsel, die zur Gruppe der Inseln des Heils gehört und als Gefängnis diente.

In Holländisch-Guayana hält Corto sich vorübergehend unter freigelassenen Sklaven und entflohenen Häftlingen auf.

In Panama feiert Corto den ersten Jahrestag der Öffnung des Kanals, der den Pazifik mit dem Atlantik verbindet.

Golden-Rose-Mouth, die große Meisterin der Schwarzen Magie, führt Corto in Voodoo-Riten ein.

AMAZONIEN EMPFAND ICH ALS HEITERES LAND:
DIE GRÜNE SYMPHONIE DER BÄUME, DIE BLAUEN
ODER BRAUNEN FLÜSSE, DIE VERSPIELTEN TÜMMLER, DIE SICH
BIS MANAUS HINAUFWAGTEN, DIE FASZINIEREND
SCHÖNEN VÖGEL IN DER DÄMMERUNG.

Gefängnisses von Saint-Laurent-du-Maroni und den Indonesiern, die unter dem Schutz der niederländischen Kolonisten von Java und Sumatra eingewandert waren, bewegt sich Corto als ungebundener Seemann, der für ein paar Monate vor Anker geht. Dort trifft er Professor Jeremiah Steiner von der Prager Universität, zu dessen Schülern Franz Kafka gezählt hatte. Steiner war gut bekannt mit Sigmund Freud und hatte sogar letzte Hand an die »Traumdeutung« gelegt, die 1900 erschien... In der Pension Java, wo Corto wohnte, fand sich eines Tages auch Tristan ein, Sohn des Ronald Bantam, ein junger Mann, der sich mit dem Großen Voodoo, dem Kontinent Mū und seiner neuen Familie aus São Salvador de Bahia auseinandersetzte.

Aufgrund rätselhafter Umstände sieht sich Corto in eine undurchsichtige Erbschaftsangelegenheit verwickelt, durch die er Tristans Schwester Morgana kennenlernt, die Dienerin Bahianinha und Golden-Rose-Mouth, die unsterbliche Seherin der Schicksals-Arkana. Nachdem Corto die Geldprobleme gelöst hat, gesellt er sich zu den brasilianischen Cangaceiros, die für das Wohl der Armen und die Abschaffung der Schergen des ausbeuterischen Landadels kämpfen. Doch im Jahr 1916 bleibt niemand unberührt von den Erschütterungen in Europa. Am Strand von Itapoa trifft Corto auf einen schwarzen Soldaten aus Togo in deutscher Uniform. Er gehört zu einer bewaffneten Truppe, die deutsche Schiffe im Südatlantik auf ihrer Jagd nach neutralen oder alliierten Frachtschiffen unterstützt. Obwohl der militärische Konflikt Corto nicht interessiert, spielt er den treuen Untergebenen Seiner Allergnädigsten Majestät — vielleicht aus Gründen der Selbsterhaltung.

In den folgenden Monaten entzieht der maltesische Seemann sich dem Sog des europäischen Kriegs und begibt sich im Februar 1917 in der Nähe der britischen Insel Saint Kitts nordwestlich von Guadeloupe auf Schatzsuche. Dabei begegnet er Rasputin wieder. Zwei Monate zuvor, am Weihnachtstag, hat der Russe an einer großen Konferenz teilgenommen, bei der sämtliche Glücksritter einen Bündnisvertrag unterzeichneten.

Einige Wochen später geht Corto in Venezuela erneut auf Goldsuche. Eine Phantasiereise, die ihn in eine grüne Hölle führt, in einen von Indianern und einem ehemaligen Häftling bevölkerten Alptraum, eine aus magischen Pilzen geborene Halluzination. Corto gewinnt dabei die Erinnerung an einen Vorfall auf der Insel Muracatoque vor Britisch-Honduras zurück, bei dem ihn ein erregtes blondes Mädchen mit einer Pistole verwundete. Es war ein weiteres Goldrausch-Delirium, das Cortos Heilung bewerkstelligte. Professor Steiner und Lévi

Der große Fisch von Itapoa

Colombia, die ihm zur Seite standen, hatten ihm die unwiderstehliche Vision von den sieben Städten von Cibola und El Dorado eingegeben.

Der Kriegsbrand, der von Verdun bis Petrograd tobt, droht die ganze Welt zu verschlingen. Corto entzieht sich, indem er den Orinoco hinauffährt. Bei der Lagune der Schönen Träume begleitet er die letzten Lebensstunden eines Deserteurs der Artists Rifles. Am Rand der malariaverseuchten Sümpfe ringt er mit dem Tod, den er im Schlamm der Schützengräben nicht finden konnte. Später fordert Corto in Peru einen Indianerschlächter und Sklavenhändler heraus.

Während in Europa der Krieg wütet, erlebt Corto bei der Lagune der Schönen Träume den Tod eines Deserteurs der Artists Rifles.

Der Voodoo-Bogen

Zwischen seinen verschiedenen Abenteuerfahrten auf den schlammigen, unter grünen Baumriesen träge mäandernden Flüssen im Amazonasdschungel sucht Corto immer wieder die Weite des Meeres und besucht die kleinen Inseln, die wie Kieselsteine seinen Lebensweg markieren. Wie Sandkörner in den Fluten bilden sie einen Bogen von Louisiana bis Guayana. Hier liegen die bevorzugten Aufenthaltsorte der großen Voodoo-Götter, die sich nur den Eingeweihten zeigen. Sie haben die Macht, Zombies für sich arbeiten zu lassen, Sklaven im Jenseits wie zuvor im Diesseits. Die afrikanischen Gottheiten waren aus Dahomey, dem Land der Jorubas, gekommen und auf dem amerikanischen Kontinent heimisch geworden, wo sie noch größere Macht entfalteten. Einer von ihnen war Ogoun Feraille, Gott der Kriegsschmiede, Herr des Blitzes, Schrecken der starken Geister und Säer der Zwietracht unter den Menschen. Es war also erstrebenswert, ein Gatte der Götter zu werden und Schwarze oder Weiße Magie zu betreiben. Zumindest sollte man den Schutz einer großen Priesterin des Kults suchen, wie

Am Strand von Itapoa bringt ein Soldat aus Togo in deutscher Uniform den Seemann dazu, sich als treuer Untertan Seiner Allergnädigsten Majestät zu verhalten.

Seite an Seite mit den Cangaceiros kämpft er für die Rechte der Armen.

Golden-Rose-Mouth eine war. Sie besaß die Sehergabe und den »bösen Blick«, durch den sie Menschen mit einem Fluch belegen oder ins Koma versetzen konnte. Aber manchmal kam sie zu spät, um einen Schatz zu bergen oder den Tod eines Mannes zu verhindern.

Die Jivaros schrumpfen die Köpfe ihrer Opfer ein, um deren Rachegeister, die sie »Muisak wakani« nennen, unschädlich zu machen.

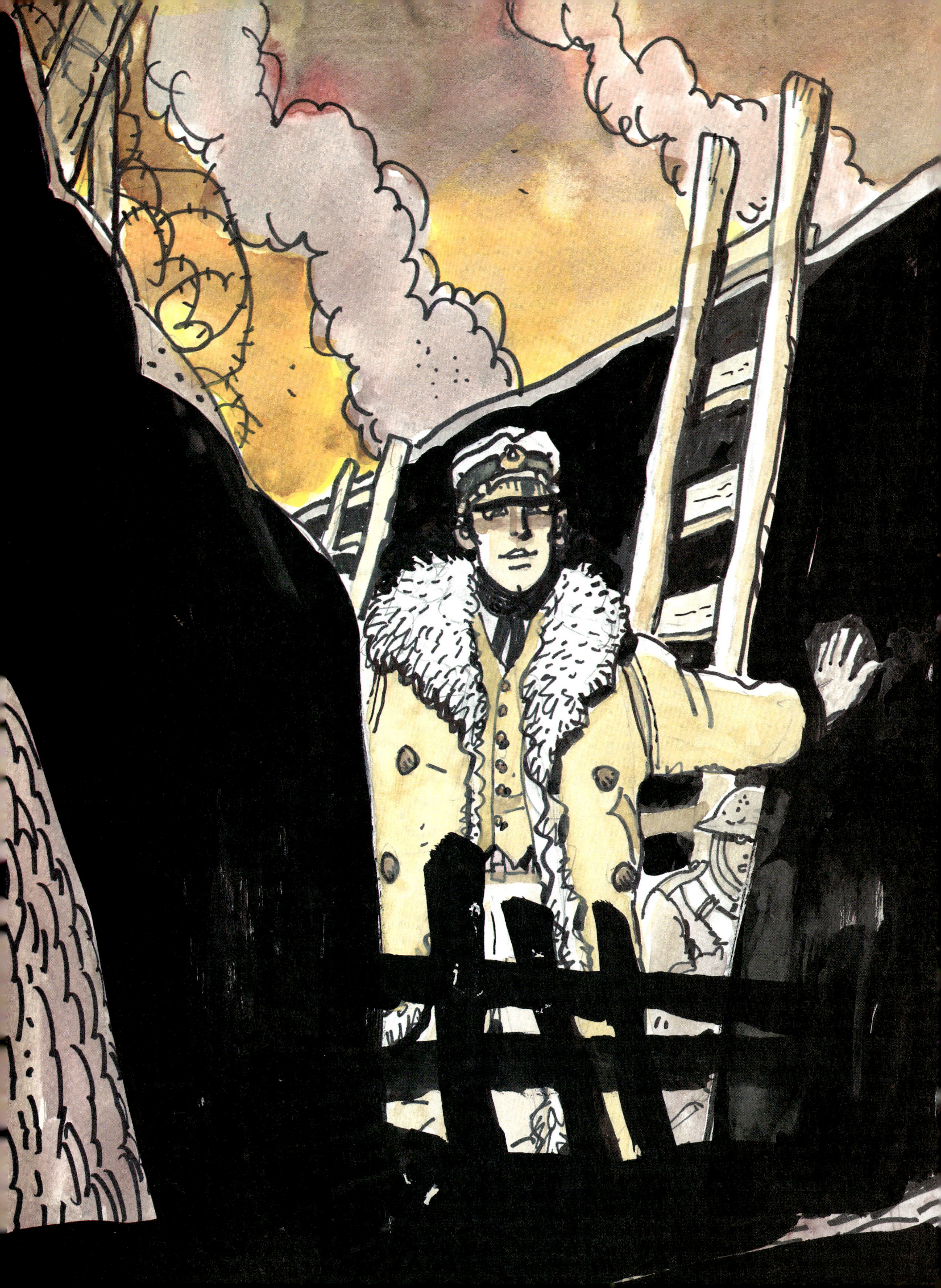

DAS JAHR
DER KRIEGE
1917/1918

*Wie Corto Maltese die letzten Monate des Weltkriegs erlebt,
schönen Frauen begegnet und in Afrika Cush den Dankali kennenlernt.*

Den Himmel über Venedig teilten sich alliierte und österreichische Flieger, während sie die Stadt bombardierten. Wenige Kilometer entfernt verfolgten Beobachter wie Leutnant Radesky von ihren Fesselballons aus die Truppenbewegungen an der Piave-Front.

VON LAGUNE ZU LAGUNE

Die Lagunen von Murano und die von Venedig sind nur einen Traum weit voneinander entfernt. Ein solcher Traum führte Corto Maltese im Herbst 1917 auf die Insel San Francesco del Deserto, in ein Franziskanerkloster unweit von Burano, wo man die köstlichsten Fische der Adria fängt. Hier bewahrten die frommen Mönche die Haut eines Mitbruders auf, die die Indianer diesem abgezogen hatten und auf die ein portugiesischer Häftling eine Karte der Goldstädte von Cibola gezeichnet hatte. Die Lage der siebten Stadt — San Reys — war in einem alten hebräischen Text erwähnt, den Auf-

1918 ERLEBTE ICH EIN EUROPA, DAS, ERSCHÖPFT VON EINEM VIERJÄHRIGEN KRIEG, IM SCHLAMM DER SCHÜTZENGRÄBEN VERSANK.

zeichnungen des Eliphas Gomara, eines konvertierten Juden, der im Jahr 1560 das Reisetagebuch des Jesuiten Juan Salinas de Loyola geführt hatte. Doch Corto war nicht der einzige, der den Mythos von El Dorado zu erforschen suchte. Eine junge Frau, der er bereits in Südamerika begegnet war, vereitelte seine Schatzsuche.

Dieser Zweikampf fand vor dem Hintergrund des unmenschlichsten Kriegs statt, den die Welt je erlebt hatte. Selbst Venedig, das sich nach all den Jahrhunderten des Ruhmes und des anschließenden Dahinsterbens vor den Erschütterungen in Sicherheit glaubte, wurde von den Österreichern angegriffen.

Um ihren italienischen Verbündeten zu unterstützen, entsandten Frankreich und England acht Divisionen, die vor den germanischen Kräften aufmarschierten.

Die gequälte Insel

Doch der Krieg folgt eigenen Gesetzen, und er läßt selten jemanden ungeschoren, der sie mißachtet. Auch zu Corto, der sich gern unbeteiligt gab, drang der Waffenlärm.

Er selbst hatte ja Waffen geliefert: zum Beispiel an die irischen Republikaner, nachdem das Geheimkomitee der IRB (Irish Republican Brotherhood) den Aufstand beschlossen hatte. Er fand am 23. April 1916 in Dublin statt, einem Ostermontag. Die Republik Irland rief eine Übergangsregierung aus. Doch aus der Revolte wurde ein Massaker, als die britischen Streitkräfte sie brutal niederschlugen. In einer Woche starben 2000 Aufständische. Die neunundzwanzig Anführer der Erhebung ergaben sich und befahlen die Einstellung der Kämpfe. Bei den anschließenden Gerichtsverhandlungen wurden fünfzehn von ihnen zum Tode verurteilt und im Gefängnis von Kilmainhan erschossen. Das erbarmungslose Vorgehen der Engländer forderte erneuten Blutzoll. Zuviel Haß hatte sich bei den Iren im Lauf der Jahrhunderte angestaut: bei der Revolution von 1539, durch das Wüten Cromwells 1649, die Strafgesetze von 1695, die Hungersnot von 1845 ... Er führte zum Unabhängigkeitskrieg 1919 bis 1922 und zur Geburt von Eire und Ulster, die sich noch heute in nicht enden wollenden Kämpfen gegenseitig zerfleischen.

Seinen keltischen Wurzeln getreu hatte Patrick Pearse, einer der im Frühjahr 1916 Hingerichteten, verkündet: »Irland soll nicht nur frei sein, sondern auch gälisch, nicht nur gälisch, sondern auch frei!« Corto vergaß darüber seine gewohnte Zurückhaltung. Er teilte – ohne sie zu kennen – die Meinung von Gustave Beaumont aus dem Jahr 1939: »Irland ist ein kleiner Landstrich, in dem die großen Fragen der Politik, der Moral und der Menschheit diskutiert werden.« Er wurde zum Helden, als er das Hauptquartier der britischen Truppen in

LANGE ZEIT WUSSTE ICH NICHTS ÜBER DIE MONUMENTE VON STONEHENGE. DOCH DANN TRÄUMTE ICH IN DIESEM STEINERNEN WALD, DER ZU UNBEKANNTEN KULTZWECKEN ERRICHTET WORDEN WAR, VON DEN ALTEN BRETONISCHEN GÖTTERN, VON MERLIN, VIVIANE UND OBERON.

Das Lied der Spione

Dublin, die die irische Rebellion niederschlagen sollten, in die Luft jagte. Er gab seine Neutralität auf und nahm an diesem antik anmutenden Drama teil, bei dem Mut und Feigheit sich nicht mehr unter den Masken verbargen, die man ihnen üblicherweise zugesteht.

Später spielte er in einem närrischen Traum zwischen den Megalithen von Stonehenge den Verteidiger der keltischen Götter, die von germanischen Gottheiten bedroht wurden. Als Feudalritter von König Arthur stellte er sich im Winter 1917, dem letzten Winter des Weltkriegs, gegen die sächsischen Eindringlinge.

Im April 1918 erlebt Corto an der Somme-Front, zwischen Corbie und Bray, als Zeuge den Tod des »Roten Barons« Manfred von Richthofen mit, dem As der deutschen Luftwaffe. Ein Soldat, der in betrunkenem Zustand eine extreme Zielsicherheit besaß, schoß den Baron wie eine Tontaube ab. Einige Wochen später nimmt Corto an der Enttarnung von Spionen teil, die ihre Nachrichten an den Feind durch die berückende Stimme der Mélodie Gaël übermittelten. Indem er seinen Freunden Cain Groovesnore und Trecesson zu Hilfe kommt, betreibt Corto alliierte Gegenspionage. Zur selben Zeit hört er von der geplanten Heirat Pandoras, Cains Cousine, was ihn an die aufregende Begegnung auf der verborgenen Insel aus der Südseeballade erinnert, wo Pandora ihn zu romantischen Gefühlen inspirierte.

Corto entflieht dem Krieg in Europa, doch nur, um sich an der ostafrikanischen Front an den Ufern des Roten Meeres einzufinden. Als er einwilligt, bei der Befreiung eines jungen Prinzen mitzuwirken, der bei der arabischen Revolte gegen die Türken eine wichtige Rolle spielt, gelangt Corto zum Fort von Turban im Südjemen. Dort versuchen einige Garnisonen unter der ottomanischen Fahne, die Stellung eines Reichs zu behaupten, das einst zu den mächtigsten der Welt gehört hatte und das unter dem Ansturm der Briten und durch das Erwachen der arabischen Völker zerfiel. General Allenby war am 10. Dezember 1917 in Jerusalem einmarschiert, die Länder unter dem Halbmond und Mesopotamien fielen nach und nach in die Hand der Alliierten. Die Türken werden von der Arabischen Halbinsel und den übrigen besetzten Gebieten vertrieben und ziehen sich zusammen. Vom Roten Meer bis zum Persischen Golf finden teilweise gewaltsame Umwälzungen statt. Bald werden Frankreich und England um die Vorherrschaft in Syrien kämpfen. Bald werden die ersten großen arabischen Revolten gegen die jüdische Kolonisierung von Palästina ausbrechen. Der Mittlere Orient wird zu einem der strategisch wichtigsten Gebiete des Erdballs, als sich der Geruch des Öls über dem Land ausbreitet...

BEDUINEN-SOLDAT AUS HEDJAS, MITGLIED DER ARABISCHEN LEGION DES EMIR FEYSAL, VERBÜNDETER DES COLONEL T.E. LAWRENCE.

ARABIEN, HIDSCHAS AKABA, 1915-1918.

WÜSTENARMEE. BEDUINISCHER KUNDSCHAFTER VON DER ARMEE DES GENERALS ALLENBY 1917 IN JERUSALEM.

UNTER DEN SOLDATEN, DIE MEINEN WEG KREUZTEN, WAREN OFT DIE VON DEN KING'S AFRICAN RIFLES.

Das Pulverfaß des Orients

Corto ahnt die Entwicklungen nach dem Ende eines Reiches voraus, auf das sich schnell neue koloniale Interessen stürzen werden, und er hat kein Interesse daran, alte Herren durch neue Machthaber ersetzt zu sehen. Die Ansichten und Aktionen seiner Gefährten Cush und El Oxford, des nationalistisch und revolutionär gesinnten Beduinen, billigt er dagegen. Corto ist sogar auf gewisse Weise fasziniert von Cush, dem Angehörigen eines Volkes, dessen Grausamkeit und Härte seine erbarmungslose natürliche Umgebung widerspiegeln. Wie sagen doch die Danakil: Die Rache soll am selben Tag wie die Untat stattfinden. Ethnologen wissen zu berichten, daß sich der Mann, der zum ersten Mal tötet, eine Feder ins Haar stecken darf. Beim zweiten Mal darf er sein Messer oder sein Gewehr mit Silber oder Kupfer schmücken. Nach dem zehnten Mord trägt er ein Armband aus Eisen. Dieser Kodex verdankt sein Bestehen nicht zuletzt den Frauen, die sich in endlosen Lobreden auf die sieghaften Krieger ergehen und die Besiegten sichtlich verachten.

Die Danakil besaßen auch einen festen männlichen Ehrenkodex. So war es Brauch, daß junge Männer ihre Braut entführten – aber mit Einwilligung des zukünftigen Schwiegervaters, um Racheaktionen zu vermeiden. Das Unternehmen hatte am hellen Tag stattzufinden, während das Mädchen die väterliche Herde hütete. Der Schicklichkeit halber mußte sie sich mit Hilfe ihrer Freundinnen der Entführung widersetzen, bevor sie ihrem Zukünftigen für sieben Tage und sieben Nächte angehörte. Nachdem sie zu ihrer Familie zurückgekehrt war, ging sie noch einmal für eine Woche zu ihrem Schatz. Dann erst wurde die moslemische Hochzeit gefeiert, bei der die Frau Mitglied der Familie ihres Gatten wurde. So war alles bestens geregelt, solange es sich im Rahmen des Islam abspielte. Aber wehe dem, der eine christliche Frau von den Abessiniern im Norden oder Westen nehmen wollte! Die Romeos des Propheten waren nicht bestimmt für die Julias des Christengottes, wovon Corto sich persönlich überzeugen konnte.

Nach einem mehrwöchigen Aufenthalt am Horn von Afrika begibt sich Corto nach Tanganjika in Deutsch-Ostafrika, das die Engländer, Belgier und Portugiesen angesichts des hartnäckigen und unbesiegbaren Gegners nicht an sich bringen können.

Der Löwe Wilhelms II.

Obwohl die Deutschen überall in ihren Kolonien in Kamerun, Togo und Südwestafrika kapitulieren mußten, gab General Paul von Lettow-Vorbeck dennoch nicht auf. Er war zur Legende geworden, der »Löwe von Afrika«, denn mit seinen 3000 deutschen Soldaten und 12 000 schwarzen Askaris setzte er den 100 000 Mann

CUSH HATTE IN SEINER GRAUSAMKEIT, SEINER ACHTUNG VOR DEM GESETZ DES PROPHETEN UND IN SEINEM FREIHEITSDRANG ETWAS FASZINIERENDES. ER WAR DURCH UND DURCH DANKALI.

KAMELTRUPPEN AUS BRITISCH-SOMALIA

ICH HEGE GRÖSSTE ACHTUNG VOR DEN MASKEN UND DEN KRÄFTEN VON LEBEN UND TOD IM LEEREN BLICK IHRER AUGEN.

starken alliierten Truppen gewaltig zu. Er führte einen erbitterten Krieg und ergab sich erst nach dem Waffenstillstand in Europa vom 11. November... Nur 3000 Männer waren ihm geblieben, davon 155 Deutsche, die in einem Flüchtlingslager in Daressalam interniert wurden. Nach seiner Freilassung einige Monate später wurde er in Berlin als Held empfangen. Das deutsche koloniale Abenteuer endete mit einer triumphalen Parade, und der große Kämpfer ergab sich fortan seinen Racheplänen, seinen Erinnerungen und der Niederschrift seiner Memoiren mit dem Titel »Heia Safari«. Er starb 1964 in Hamburg und wurde mit großen militärischen Ehren im Beisein seiner beiden letzten schwarzen Mitstreiter beigesetzt. In die letzten Kämpfe in Afrika griff Corto als Verfechter des Rechts ein, indem er es einem deutschen Offizier ermöglichte, sich als Ehrenmann zu verhalten. Das brachte dem Seemann eine Anklage ein, weil er sich die Rolle der Royal African Police angemaßt hatte. Die Autorität ließ nicht mit sich scherzen, selbst wenn man ihr einen Dienst erwies.

VON LETTOWS ASKARIS, DAS SOMALI-CORPS, DIE SENEGALESISCHEN SCHÜTZEN, DIE SCHWARZEN IN BELGISCHER UND PORTUGIESISCHER UNIFORM VERMITTELTEN DEN EINDRUCK EINES EUROPÄISCHEN KRIEGS IN AFRIKA.

ZU DEN KING'S AFRICAN RIFLES, DEN AFRIKANISCHEN SCHÜTZEN DES KÖNIGS, ZÄHLTEN EINGEBORENE REKRUTEN AUS KENIA, UGANDA, SOMALIA UND RHODESIEN...

General Paul von Lettow-Vorbeck war der letzte Deutsche, der die Waffen niederlegte. Für das besiegte Deutschland war er ein Held und wurde bei seiner Rückkehr aus Afrika in Berlin wie ein Sieger gefeiert.

...SIE KÄMPFTEN VON 1905 BIS 1921 AN DER SEITE DER POLIZEI VON SOMALILAND GEGEN DEN VERRÜCKTEN „MAD MULLAH".

SOMALILAND. KAMELCORPS 1918.

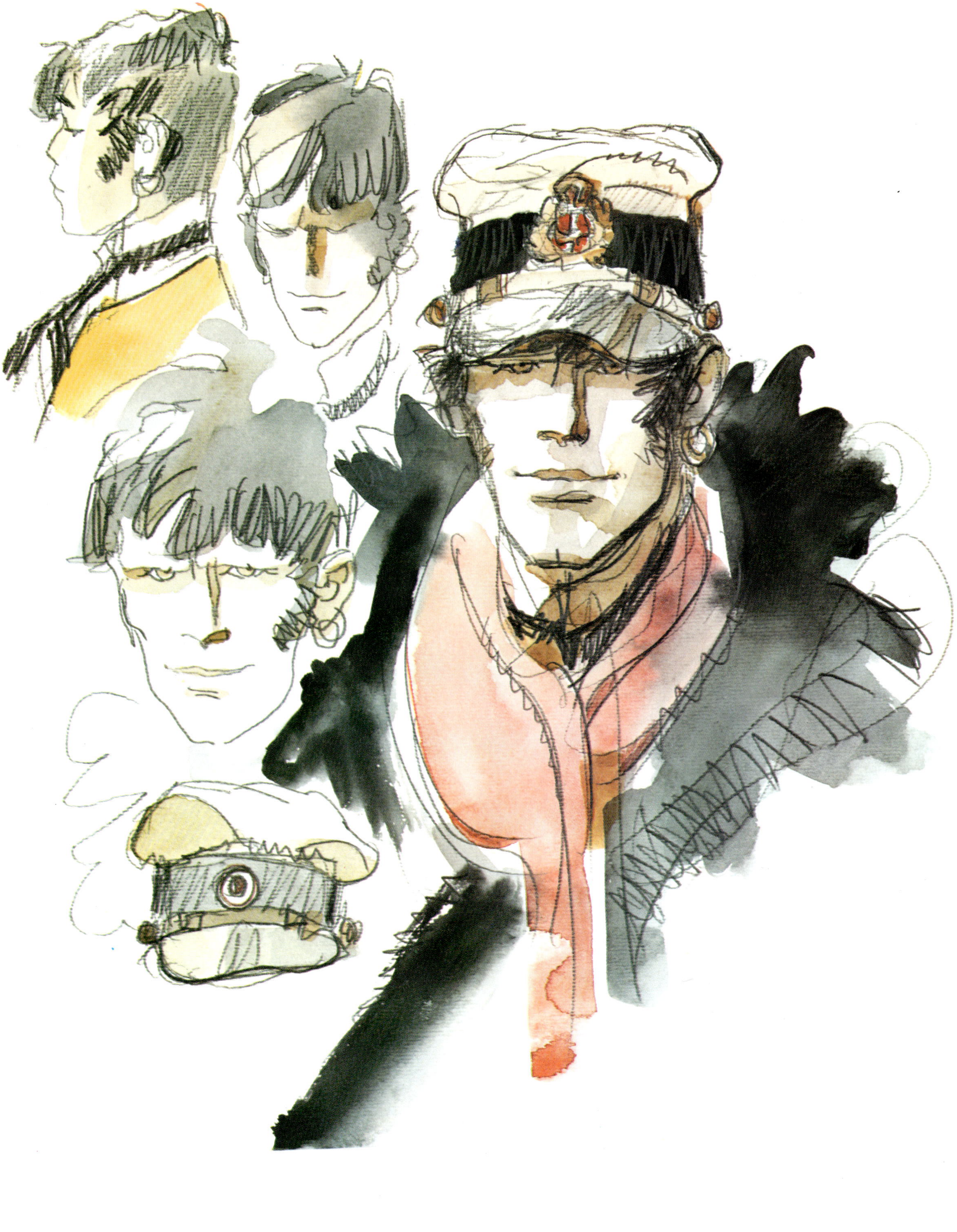

DIE FREIBEUTER DER SCHNEEWÜSTEN
1919/1920

*Wie Corto Maltese und Rasputin sich in die Mandschurei
und nach Sibirien begeben, um einen Zug voll Gold sicherzustellen,
und wie ihre Illusionen auf dem Grund eines Sees enden.*

EISENBAHNZÜGE ALS PIRATENSCHIFFE

Von der Anklage wegen Mordes an dem deutschen Unteroffizier Saxon und dem Levantiner Shad El Cairo in Mikindani an der Ostküste Afrikas wurde Corto Maltese am 28. Oktober 1918 freigesprochen. Man belobigte ihn sogar offiziell dafür, daß er das Land von den beiden Übeltätern befreit hatte. In seinem Haus in Hongkong wollte Corto die blutigen Erlebnisse auf dem Schwarzen Kontinent vergessen. Der Steinway-Flügel, das Gauguin-Gemälde, die reichhaltige Bibliothek stellten eine Welt des Friedens dar, in der Corto seinen kulturellen Neigungen denen des Glücksritters gegenüber Vorrang einräumte. Doch kaum hatte er ein ausgiebiges Bad genommen und sich auf einen ruhigen Abend daheim eingerichtet, als Rasputin auftauchte. So kam es, daß Corto mit dem Geheimbund der Roten Laternen zusammentraf und auf der Suche nach einem phantastischen Schatz in die Mandschurei gelangte.

Gegen Ende des Jahres 1918, als Westeuropa nach einem vier Jahre dauernden Blutbad Frieden findet, schweigen im Orient die Waffen noch nicht. In Rußland tobt der Bürgerkrieg und fordert das Leben von Hunderttausenden. Die Weiße Armee unter Admiral Baron Koltschak ruft die Vorherrschaft Rußlands aus, da sie den Sieg in greifbarer Nähe wähnt. Die konterrevolutionären Truppen haben die Unterstützung der Siegermächte. Englische, französische, japanische, amerikanische Soldaten kommen den Zaristen gegen die bolschewistische Hydra zu Hilfe. In Wladiwostok landen Verstärkungstruppen, aber sie wissen nicht so recht, was sie in dieser unwirtlichen Gegend anfangen sollen. Der zwanzigjährige Flieger Joseph Kessel notiert: »Weder die französischen Panzerfahrer und Flieger noch die polnischen, rumänischen, ungarischen oder tschechischen Legionen aus freigelassenen Gefangenen, die amerikanischen Marineoffiziere, die Befehlshaber der Schotten in ihren Kilts, die der Sikhs mit ihren Turbanen oder der Kanadier in ihren kurzen Pelzjacken — keiner von ihnen wußte, warum er hier war am Rand der endlosen Weiten, in Schnee und mörderischer Kälte, gequält von Hunger und Typhus — in einem fremden Bürgerkrieg.«

Jede Moral vergessen

Inmitten dieses Taumels von Gewalttätigkeit versuchen Corto und Rasputin, Koltschaks gepanzerten Zug sicherzustellen: einen Zug voller Gold, der zwischen der Mongolei und der Mandschurei hin und her fährt. Der Bürgerkrieg hat sich nach Osten auf die Schienen der Transsibirischen und der Transmandschurischen Eisenbahn verlagert. Jeder der großen revolutionären und konterrevolutionären Führer hat seine fahrende Stadt, seine gepanzerten

Nach den afrikanischen Abenteuern kehrte Corto in sein Haus in Hongkong zurück, einen alten Familienbesitz gegenüber von Kowloon, um den sich Madame Hu und ihr Mann Han kümmern.

Der Zug des Admirals Koltschak barg das Gold der konterrevolutionären Regierung: 29 Waggons mit 160 Tonnen Gold.

SCHANGHAI-LI WAR EINE DER ÜBERZEUGTESTEN REVOLUTIONÄRINNEN, DIE ICH JE KENNENGELERNT HABE.

DER ATAMAN SEMENOW WAR EINER DER ABGEFEIMTESTEN SCHURKEN, DIE KENNENZULERNEN MIR BESCHIEDEN WAR. DIESER FREIBEUTER DER SCHNEEWÜSTEN MARKIERTE DEN WEG SEINES PANZERZUGS DURCH ERBARMUNGSLOSE MASSAKER UND PLÜNDERUNGEN.

Der Schatten des Dschingis-Khan

Waggons, gespickt mit Kanonen und Maschinengewehren. Einer der eindrucksvollsten Züge gehört dem Ataman Semenow, mit dem Corto zusammentrifft.

Dieser Unteroffizier der Kosaken aus Transbaikalien hatte 1918 zusammen mit elf Gefährten einen Krieg auf eigene Rechnung begonnen. Sein Privatzug quillt über von teuren Waffen, Buchara-Teppichen und Wertgegenständen, so daß er den Vergleich mit einem Piratenschiff nicht zu scheuen braucht. Draufgänger wie er waren getrieben von der Sucht nach Genuß, Gold und Gewalt. In einem Reich wie der Mongolei zwischen China und Rußland, der Anarchie und dem Gesetz des Brutaleren und Gewissenloseren preisgegeben, waren Semenows Kosaken in ihrem Element. Corto, Rasputin und Schanghai-Li vom Geheimbund der Roten Laternen gerieten in arge Bedrängnis...

Schließlich fielen sie in die Hand der asiatischen Kavalleriedivision des Barons von Ungern-Sternberg. 1920 ist dieser Heerführer der weißen Wüsten mit dem stechenden Blick und dem stattlichen Schnurrbart fünfunddreißig Jahre alt. Nach seiner Beförderung zu Semenows Stabschef ernennt er sich selbst zum General und beginnt, seinem Beinamen »Der verrückte Baron« alle Ehre zu machen. Er stellt sich gegen die Sowjets, die Zaristen und die Alliierten – gegen alle Welt – und träumt von einer mächtigen, unabhängigen Mongolei. Mit seinen tausend berittenen Kosaken, Burjaten, Mongolen, Mandschus und Tibetern will er Asien erobern und Europa niederwerfen. Doch der vermeintliche neue Dschingis-Khan ist nichts weiter als ein Bandenchef. Der blutrünstige Baron wird von einem der Seinen verraten, gefangengesetzt, abgeurteilt und erschossen. Innerhalb weniger Wochen verlieren sich die Reste seiner asiatischen Kavalleriedivision in der Steppe.

Als von Ungern stirbt, hat Corto Asien längst verlassen. Seine Abenteuer in Zentralasien fanden ihr Ende am 15. Februar 1920, nachdem er bei der Sabotage des Zugs von General Tschang schwer verletzt wurde. Eine Abteilung der japanischen Armee greift ihn auf und überstellt ihn in Harbin in der Mandschurei dem Major Tippitt von der US Air Force. Im März ist Corto wieder in Hongkong, wo es zu einem letzten, tragischen Wiedersehen mit Tschang kommt. Im Monat darauf geht er in ein kleines Dorf beim Pojang-See in der Provinz Jiangxi, einem der größten Reisanbaugebiete Chinas. Dort will er nicht etwa unter die Bauern gehen, sondern Schanghai-Li suchen und die wahre Identität der Frau mit dem Operettennamen ergründen. Als Agentin der Kuomintang arbeitete sie für die Revolution. Sie hatte Corto mehr oder weniger auf das Gold des Admirals Koltschak angesetzt. Nach dem Bruch zwischen Tschiang Kai-schek und den Kommunisten einige Jahre später schloß sie sich den Revolutionären in den Jing-gang-Shan-Bergen um einen gewissen Mao Tse-tung an.

VOR DIESEN „FEMMES FATALES" IM PELZ MIT DER ZIGARETTENSPITZE ZWISCHEN DEN LIPPEN MUSS MAN AUF DER HUT SEIN.

Die Rote Armee: Bauern ohne militärische Ausbildung und Tradition werden unter Mißachtung ihrer Kräfte und ihres Lebens gegen ein Berufsheer eingesetzt.

ALS ICH VON UNGERN KENNENLERNTE, ZITIERTE ER UNABLÄSSIG CHRISTUS UND KARL MARX. TROTZKI, DEN JÜDISCHEN REVOLUTIONÄR, BETRACHTETE ER ALS SEINEN PERSÖNLICHEN FEIND.

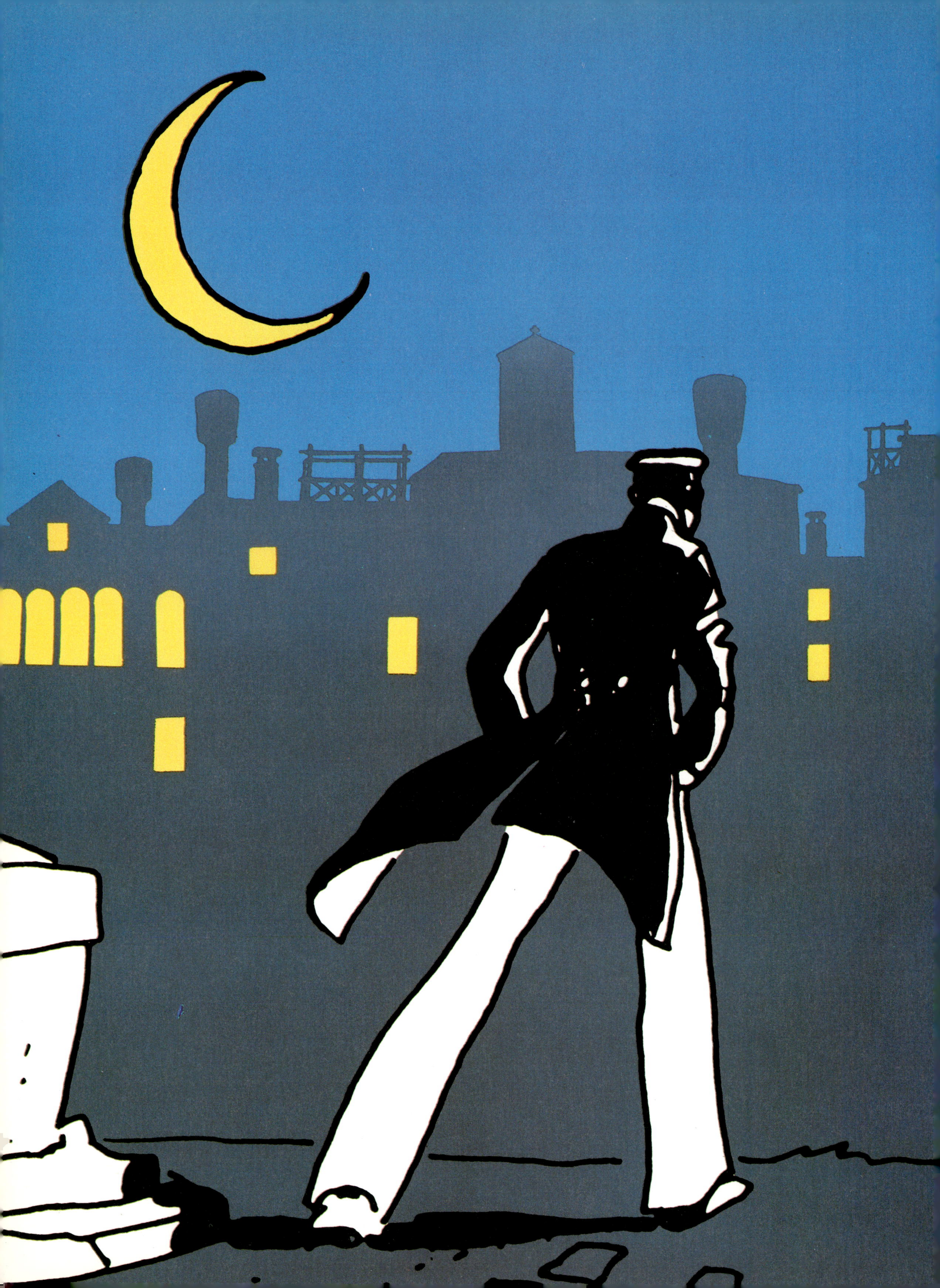

VENEZIANISCHE LEGENDEN
10. bis 25. April
1920

*Wie Corto Maltese auf der Suche nach einem kostbaren Smaragd
Zutritt zur Hermes-Loge findet und bei einer Verfolgungsjagd die Bekanntschaft
finsterer Herren in Schwarzhemden macht.*

DIE LÖWEN
VON SANKT MARKUS

Corto kommt zum dritten Mal in seinem Leben nach Venedig und erlebt ein eigenartiges Abenteuer. In der Woche vom 10. bis zum 25. April 1920 kommt er in Berührung mit den metaphysischen Gedankengebäuden der Brüder und Schwestern der Freimaurerlogen Hermes und Pythagoras sowie mit einem verschwundenen magischen Smaragd. Im Hintergrund regen sich erste faschistische Umtriebe, unterstützt von der »Serenissima«, einer Organisation zum Ruhm des Schwarzen Ordens. Fast spielerisch wird Corto in die Sache hineingezogen durch den rätselhaften Brief eines alten Freundes, dessen Grab man noch heute auf dem Friedhof von San Michele gegenüber den Fondamenta Nuove besichtigen kann. Dieser Freund hieß Frederick William Rolfe, geboren 1860 in London, gestorben 1913 in Venedig. Er war ein alleinstehender Schriftsteller, der die Wechselwirkungen von Utopie und Realität, die Welten ungezügelter Phantasie liebte. Zusammen mit Professor Sholta Douglas wollte er eine Geschichte der phantastischen Literatur verfassen. Er nannte sich »Baron Corvo« – »corvo« bedeutet im Italienischen »Rabe«, der »rolfe« des Altenglischen. Diesen Titel, den ihm die Herzogin Sforza Cesarri verliehen hatte, trug er stolz wie ein Pfau. Es war Dandy, Poet, Maler und zum Katholizismus übergetreten, weil er Weihrauch und Gold liebte. Nach der Veröffentlichung von »Die Memoiren Hadrians VII.« und »Tarquinio« wurde er 1907 in Venedig seßhaft, wo er den reichen Touristen seine Dienste als Kulturführer und als Homosexueller anbot. Nach den ersten schwierigen Monaten lädt man ihn im Juli 1909 ein, im Palais Mocenigo-Corner zu wohnen, doch sein jähzorniges Wesen und seine unsägliche Eitelkeit erträgt man dort nicht lange. Sodann findet er einen letzten Mäzen, dessen Mittel ihm ein Leben auf großem Fuß erlauben. Baron Corvo heuert vier Seeleute für ein Schiff an, dessen Segel er selbst gestaltet hat. Dies ist seine letzte aufsehenerregende Selbstdarstellung. Am 26. Oktober 1913 wird er tot in seinem Schlafzimmer im Palais Macello aufgefunden. Doch am 1. April 1912 hatte er einen Brief hinter einem Stein mit dem Siegel

Der Dandy-Baron

Als »Freier Seefahrer« unter den Freimaurern der Hermes-Loge durchstreift Corto Venedig auf der Suche nach »Salomos Schlüsselbein«.

WIE MONDSICHELN GLEITEN DIE GONDELN
DURCH DIE KANÄLE UND VERSCHWINDEN UNTER GEHEIM-
NISVOLLEN BRÜCKEN. MAN MUSS SIE BEI NACHT
BENUTZEN FÜR EINE LETZTE
REISE.

Salomos auf der »Treppe der Begegnung« im Palais des Dottore Theone versteckt... Diesen Brief entdeckte Corto nach langer Suche, die ihn zu den Löwen vor der Pforte des Arsenals, einem steinernen Thron moslemischer Herkunft in San Pietro di Castello und Melchisedech im alten Ghetto führte.

Bei seinen Spaziergängen auf den Spuren der Vergangenheit durchstreift Corto die unzähligen kleinen Gassen Venedigs. Hier lebt die Erinnerung an arabische Reisende, Krieger verschiedenster Nationen, teutonische Ritter und die Reliquien des heiligen Markus, die zwei Kaufleute im Jahr 823 aus Alexandria hierherbrachten. Aus Alexandria stammt auch (ist das ein Zufall?) eine lange gnostische Tradition, die in Venedig angereichert wurde durch die jüdische Kabbala, die Freimaurerei − »Libera Muratoria« −, 1923 von Lord Sackville eingeführt, nachdem sie sechzehn Jahre zuvor in England gegründet worden war.

Freimaurer des Orients und des Okzidents

Corto ist zwar fasziniert von der Esoterik und kennt die freimaurerischen Symbole und Riten, doch er nennt sich nur »Freier Seefahrer«. Er glaubt weder an Dogmen noch an Fahnen, so brüderlich sie sich auch darstellen. Mit distanzierter Ironie betrachtet er Winkelmaß und Zirkel, Hammer und Meißel, Lot und Kelle. Doch er hätte durchaus Anrecht auf den 17. Grad des alten schottischen Ritus und auf den Titel »Ritter des Orients und des Okzidents«. Und er wäre unverschämt genug gewesen, die Dimensionen der Hermes-Loge anzugeben, in die er unerwartet geriet, während ein Freimaurer den Tempel nur durch seine Länge vom Okzident zum Orient, seine Breite von Nord nach Süd und seine Höhe vom Nadir zum Zenit beschreiben darf.

Die Wechselfälle des Lebens führen Corto im April 1921 zu einer Begegnung mit Gabriele d'Annunzio. Er war seit der Besetzung von Fiume 1919 ein Nationalheld. Mussolini bewunderte ihn wegen seiner berühmten verächtlichen Devise »Me ne frego« (»Das ist mir egal«). Von d'Annunzio hatte Mussolini die Idee, die alte römische Grußgeste mit dem ausgestreckten Arm wiedereinzuführen, die als »Führergruß« Verbreitung finden sollte. Der exzentrische Ästhet und wortgewaltige, mutige Flieger wurde für die Kleinbürger zum Inbegriff ihrer Träume. Er huldigte dem Kult von Kraft und Stärke und pflegte große Gesten und dekorative Formen, aufs äußerste verfeinert in seinem luxuriösen Domizil am Gardasee, das schon zu seinen Lebzeiten »Der Siegestempel der Italiener« genannt wurde. Er war ein Meister des pittoresken Idealismus, hatte einen Hang zum Morbiden und bewegte sich in Venedig als ziemlich groteske Figur.

Der Löwe vor dem Arsenal mit seinen Runen-Inschriften.

Die uralten Zeichen in der Basilika von Sankt Markus.

VENEDIG WIRD MICH NIE LOSLASSEN. DIE STADT IST MEIN LEBEN UND MEIN TOD.

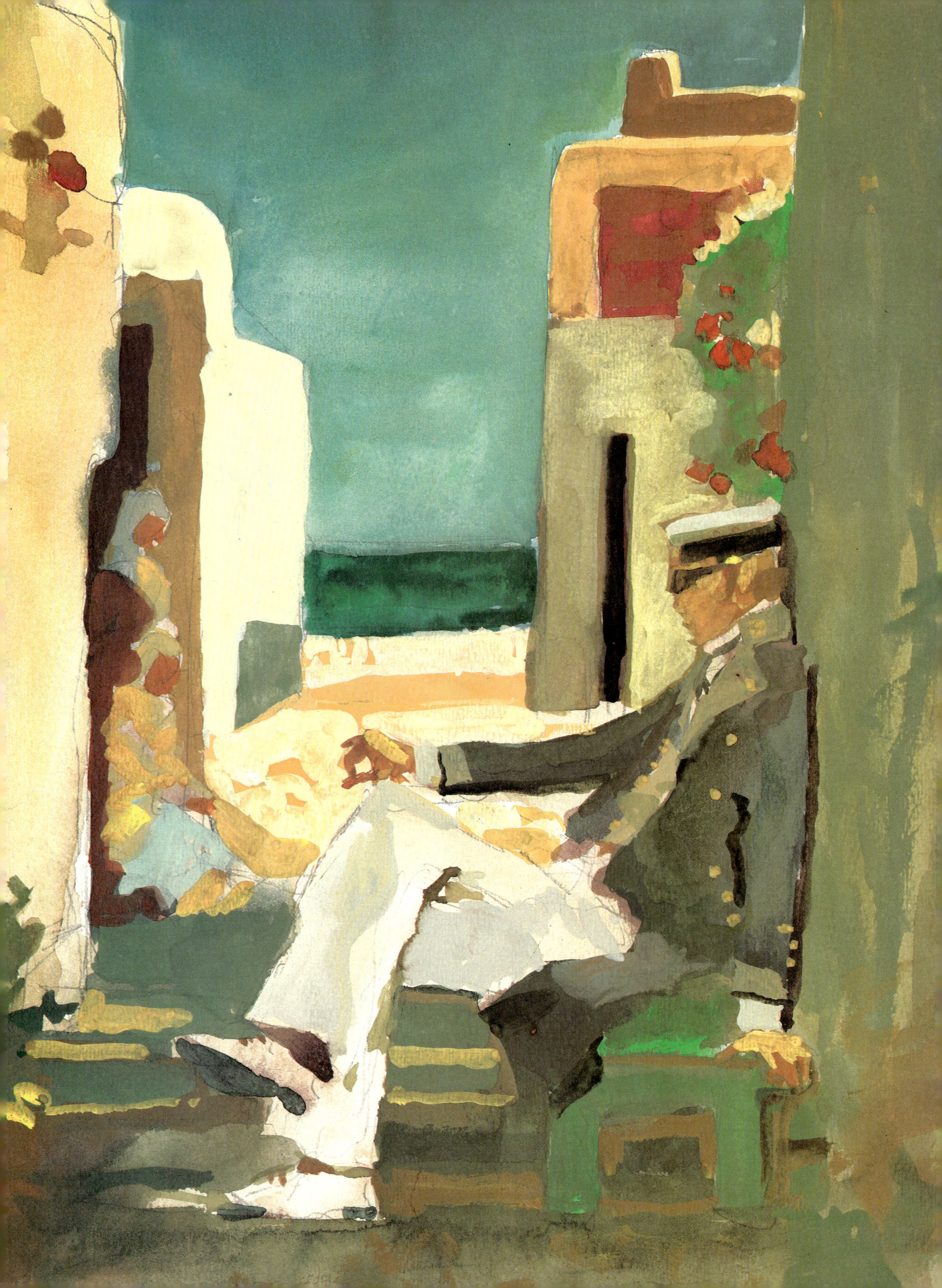

DAS GROSSE GOLD
1921 / 1922

*Wie Corto Maltese, dieser moderne Marco Polo,
auf der Suche nach dem legendären Schatz Alexanders des Großen
zwischen Ruinen und Massakern auf antiken Pfaden wandelt.*

Der Stratege des Chaos

DIE HUNDERT VÖLKER ANATOLIENS

Nach dem Ersten Weltkrieg besaßen die Türken, die von Algier bis Delhi, von Budapest bis Buchara, von Athen bis Kasan geherrscht hatten, keine größere Stadt, keine nennenswerten Gebiete mehr. 1914 hatten sie sich unklugerweise mit dem späteren Verlierer Deutschland verbündet und im Vertrag von Sèvres die bitteren Konsequenzen tragen müssen. Franzosen und Engländer teilten begierig die letzten Reste des Ottomanischen Reichs unter sich auf. Die britische Fahne wehte über Istanbul, die Franzosen unterstützten in Kilikien die Geburt eines »nationalen armenischen Zentrums«, die Italiener setzten sich in Konya fest, die Griechen in Smyrna, die Kurden erklärten ihre Unabhängigkeit, und die Sowjets richteten sich in Zentralasien ein. Anatolien, die letzte türkische Bastion, hielt den Ansprüchen der Siegermächte und den Rachegelüsten der ehemals unterdrückten Völker nicht lange stand. Niemand hatte indessen ein Aufflackern des Nationalismus vorausgesehen, der sich von Ankara aus unter der Knute des Mustafa Kemal über alle Streitigkeiten und Unabhängigkeitsbestrebungen der Minderheiten hinwegsetzte. Als Atatürk – Vater der Türken – verstand er es meisterhaft, die uneinigen ethnischen Gruppen gegeneinander auszuspielen. Er wußte, daß Großarmenien, das autonome Kurdistan und das spätere christliche Assyrien unentwirrbar miteinander verbunden waren und sich gegenseitig haßten. Ebenso stachelte er die rivalisierenden Franzosen, Engländer und Sowjets gegeneinander auf. Der daraus entstehende Krieg hatte sozialen, politischen und Bürgerkriegscharakter. Und Mustafa Kemal war sein genialer Stratege.

Im Dezember 1921 mußte Frankreich sich aus Kilikien zurückziehen. General Gouraud,

RHODOS ERINNERTE EIN BISSCHEN AN MALTA, DIE INSEL, AUF DER SICH VIELE WEGE KREUZEN, ABER ES TRUG DARÜBER HINAUS DIE SPUREN EINER MOSLEMISCHEN VERGANGENHEIT.

Oberkommandierender in der Levante, sah sich gleich zwei militärischen Angreifern gegenüber: dem von den Engländern unterstützten Emir Feysal im Süden bei Damas und den Kemalisten im Taurusgebiet im Norden. Von Panik ergriffen, folgten über 100 000 Armenier den französischen Truppen und flohen in angrenzende Gebiete. Diesen Soldaten begegnet Corto Maltese, als er nach seinem Aufenthalt auf Rhodos in Kleinasien ankommt. Einige Wochen darauf sollte sein Gefährte Ernest Hemingway etwas weiter im Norden eintreffen und dort Zeuge des griechischen Zusammenbruchs in Kleinasien werden. Hier beginnt Cortos lange Reise nach Samarkand in Zentralasien, wo Rasputin gefangengehalten wird, sowie nach Kafiristan, wo sich Byron und Trelawny zufolge der Schatz Alexanders des Großen befinden soll.

Die türkische Armee während des ersten Weltkriegs (Parade- und Ausgehuniformen).

Der erste Völkermord des 20. Jahrhunderts

Es ist schwierig, in einem derartig zerrissenen Land zu reisen, vor allem, wenn man aussieht wie Chevket, Enver Paschas Freund, was dazu führt, daß unser Seemann manchmal unversehens Hilfe bekommt, manchmal aber auch als Zielscheibe herhalten muß. Chevket — nicht zu verwechseln mit Chevket Pascha, dem früheren Kriegsminister der Regierung der »Jungtürken«, der am 11. Juli 1913 ermordet wurde — ist bei weitem nicht so bekannt wie Enver Pascha, der das Bündnis mit den Deutschen schloß und »Schlächter der Armenier« genannt wurde. Er wird vor Gericht gestellt für den Völkermord von 1915, der an die Massaker von 1894, 1896 und 1909 anschloß. Am 15. August 1915 schrieb das Genfer »Journal de Genève«: »Gewisse Einzelheiten deuten auf unerhörte Grausamkeiten hin, deren Opfer die Armenier in Kleinasien wurden... Die Vernichtung der Armenier bedient sich dreier Mittel: Massaker, Religionsverbot, Deportation. Sie findet im ganzen Land statt, in allen Städten und Dörfern.« Zehn Tage später erklärte der italienische Generalkonsul in Trapezunt im römischen »Il Messagero«: »Der Jammer, die Tränen, die Flüche, die zahlreichen Selbstmorde, die Todesfälle durch Schock, die Menschen, die dem Wahnsinn verfallen, die Brände, die Morde durch blindwütige Schießereien, die grausamen Verfolgungen, die Berge von Leichen längs der Straßen ins Exil; die gewaltsam zum Islam bekehrten jungen Frauen, die ihren Eltern entrissenen Kinder, zu Hunderten auf Schiffe verfrachtet, um im Schwarzen Meer zu kentern und jämmerlich zu ertrinken, das sind die letzten Erinnerungen an Trapezunt, Erinnerungen, die noch jetzt — nach einem Monat — meine Seele quälen und mich an den Rand des Irrsinns treiben.« Erinnerungen, die der deutsche Pfarrer Johannes Lepsius von der Deutsch-Orient-Mission sowie Herr Spörri, Leiter des deut-

Enver Pascha, einer der Schlächter Armeniens.

Hagop Melkumiam stammte von einem Armenier ab. An einem Augusttag 1922 rächte er sein Volk.

DIE BEGEGNUNG MIT DEM EIGENEN DOPPELGÄNGER IRGENDWO AUF DER ERDE KANN ALS VORZEICHEN DES TODES GEDEUTET WERDEN.

schen Waisenhauses in Van, im Oktober 1915 in einem Interview im »Sonnenaufgang« bestätigten. Alles dies ist nicht vergessen, als Corto Zentralasien durchquert, nicht der Machtmißbrauch, nicht die Massaker und auch nicht das Telegramm des Innenministers Talaat Bey vom 15. September 1915 an die Präfektur in Aleppo, das beim Prozeß gegen Mardiros Jamgotchlian (Mörder eines türkischen Diplomaten) im Dezember 1981 in Genf verlesen wird: ». . . Die Regierung hat beschlossen, alle in der Türkei lebenden Armenier auszurotten. Wer sich diesem Befehl widersetzt, kann nicht länger Mitglied der Regierung bleiben. Diesen Existenzen muß ohne Ansehen von Frauen, Kindern, Kranken, ohne Rücksicht auf Gefühle oder Gewissen und mit schärfsten Mitteln ein Ende gemacht werden.«

Der Tod des Menschenfressers

Corto erlebte den Tod Enver Paschas mit, der am 5. August 1922 auf den Höhen des Chagan in Turkestan von Major Hagop Melkumiam, dem Befehlshaber eines bolschewistischen armenischen Bataillons, getötet wurde. Doch bevor es dazu kam, hatte der Seemann Adana und die Derwische gesehen, Van und die Sekte der Yesidi, Kemkoutz und seine letzten Assassinen, Baku und Krasnowodsk unter der Herrschaft der Sowjets. Die dramatische Reise endete am 6. September, als Corto und Rasputin die Grenze zwischen Afghanistan und Indien überschritten. Sie trafen auf Lieutenant London von den Royal Gurkhan Rifles, die die Grenze dieses Juwels der britischen Krone hüteten. Wenige Tage darauf war Corto in Chitral, er erreichte Bombay und kehrte im November nach Venedig zurück, fast auf den Tag genau ein Jahr nach seinem Aufbruch von Rhodos auf der Suche nach dem Goldschatz. Von der langen Fahrt brachte er nichts weiter zurück als eine kleine Armenierin, die er vor den Massakern gerettet hatte und nun der armenischen Gemeinde von Venedig übergab, deren noch heute sichtbares Symbol das Kloster von San Lazzaro degli Armeni ist, eine alte Leprastation auf einer kleinen Insel in der Lagune, die der Doge im 18. Jahrhundert armenischen Mönchen geschenkt hatte. Das von einem kuppelförmigen Turm überragte Kloster sollte ein Hafen des Friedens sein. Ein gewisser Joseph Dschugaschwili, genannt Stalin, soll dort 1907 Glöckner gewesen sein, doch das ist, wie Rudyard Kipling zu sagen pflegte, eine andere Geschichte. . .

SCHÜTZE DES ARMENISCHEN BATAILLONS AN DER GRENZE ZU TURKESTAN

BOLSCHEWISTISCHE ARMEE
1923

GRENZ-
INFANTERIE

ASIATISCHE
KAVALLERIE

ARTILLERIST
AUS
KAUKASIEN

MARINESOLDAT
AN DER GRENZE
DES KASPISCHEN
MEERES

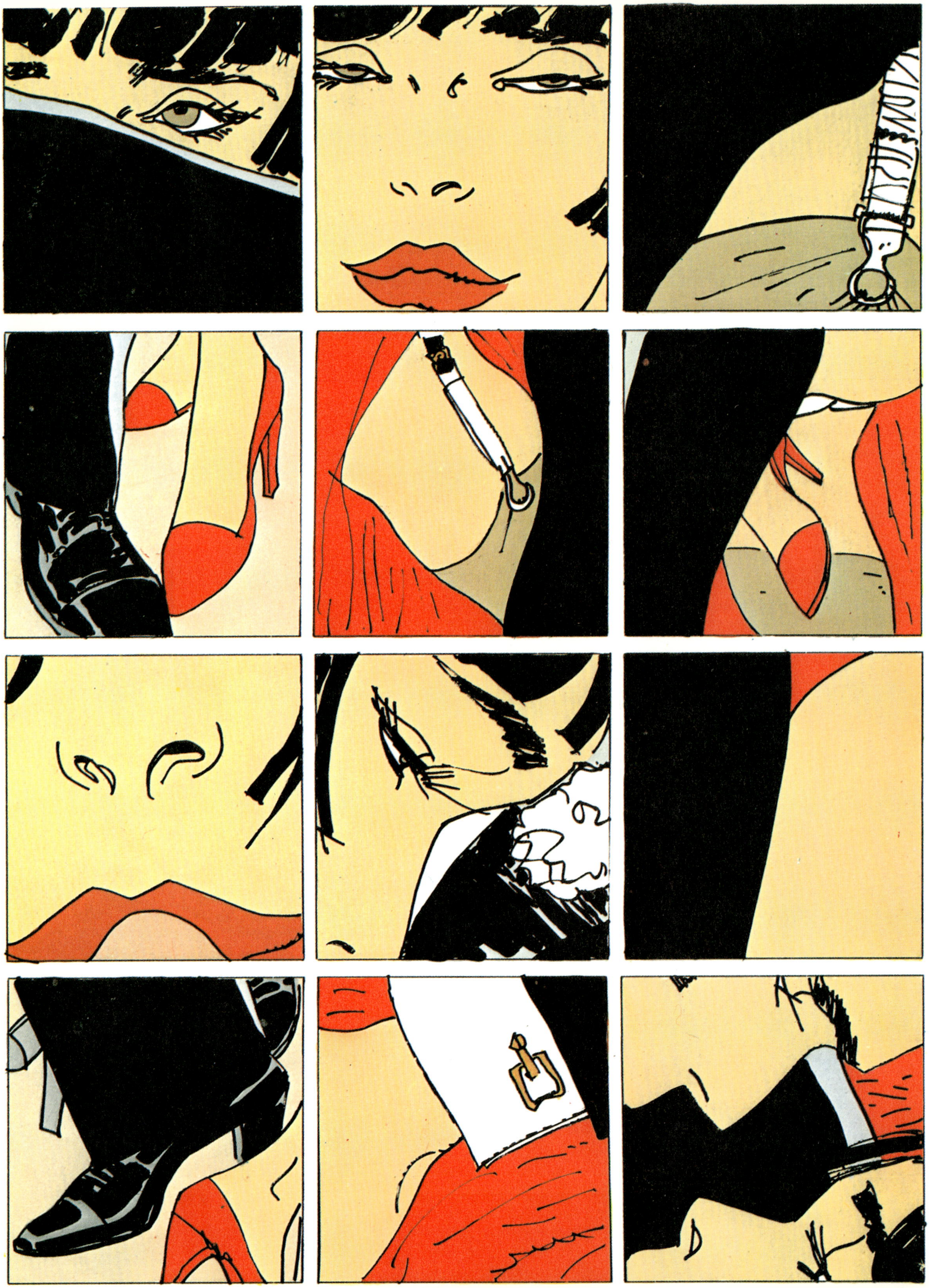

ARGENTINISCHER TANGO

1923

Wie Corto Maltese nach Argentinien reist, um einer Freundin in Not beizustehen, und sich verschiedensten Feinden gegenübersieht.

ANKERPLATZ MIT DREITAUSEND BORDELLEN

Eins der Schiffe der Handelsschiffahrtsgesellschaft, die in den zwanziger Jahren die Linie Hamburg—Buenos Aires über Antwerpen, Le Havre, Bilbao, Porto, Teneriffa, Dakar, Rio, Santos und Montevideo befuhr, trug den Namen »Malta«. Albert Londres nahm dieses Schiff, als er 1926 Südamerika verließ, um seine große Untersuchung über die Prostitution und den Mädchenhandel zu führen. Ironie des Schicksals oder Magie des Namens — auch Corto Maltese war mit diesem Schiff drei Jahre zuvor nach Argentinien gekommen. Er suchte diese südlichen Breiten aufgrund eines Briefes von Louise Brookszowyc auf, der er 1921 in Venedig begegnet war; es war eine Rückkehr nach fünfzehnjähriger Abwesenheit.

La Boca, der vorgelagerte Hafen von Buenos Aires, ist die Wiege des Tangos.

Für zwei Sous

Zu jener Zeit war Argentinien noch ein Einwanderungsland. Seit mehr als einem halben Jahrhundert zogen Hunderttausende von armen Teufeln aus allen Teilen Europas dorthin in der Hoffnung, das Elend des alten Erdteils für immer hinter sich zu lassen. Hier lockten die weiten Gebiete zwischen dem Atlantik und den Anden, wo Goldsucher, Landwirte oder Viehzüchter ihr Glück machen konnten. Die Einwanderer waren oft Junggesellen, die sich an entlegenen Orten eine neue Existenz aufbauen wollten, und sie brauchten Frauen, viele Frauen, und möglichst junge. Monsieur Bayard, Chef der Sittenpolizei an der Sûreté in Paris, pflegte zu sagen: »Die Jugend lockt die neuen Männer in neue Länder.« Argentinien wurde zum Land der Bordelle, Tausende davon befanden sich in der Hauptstadt, aber auch in Rosario, Córdoba, Mendoza, Tucuman und Corrientès. Sie waren so zahlreich, daß die Kuppler der Pigalle Argentinien den »Großmarkt« nannten. Es gab alle Sorten, von den luxuriösesten in den eleganten Vierteln bis hin zu den erbärmlichsten Hütten zu »fünf Piastern pro Nacht«. Die Geschäfte florierten dermaßen, daß überall Zuhälter auftauchten, um sich auf den Mädchenhandel zu werfen, der in der Presse Schlagzeilen machte und 1923 sogar den Völkerbund zu einer Untersuchung veranlaßte. Ein Teil der Prostituierten kam aus Frankreich, in Begleitung von Männern aus Paris oder Marseille (den »Martigues«). Man nannte sie »Franchuchas«, und sie waren in jedem Quadrat

WIR ALLE VERBINDEN
VIELE ERINNERUNGEN
MIT DER MUSIK DES
GRAMMOPHONS.

Die beiden Ghettos

dieses ausgedehnten Schachbretts, das Buenos Aires darstellte, anzutreffen.

Doch den Franzosen oder den argentinischen Zuhältern romanischer Abstammung (den Kreolen) gelang es nicht, zum Kern der Führer der »Warsavia« vorzustoßen, die ihr Frauenmaterial aus den jüdischen Ghettos in Polen, aus Warschau, Krakau oder Lodz, bezogen. Dort wurden junge Mädchen von Anwerbern ausgewählt, die häufig einen Vertrag mit den Eltern abschlossen und die kleinen Vögelchen für 100 Zloty im Monat für drei Jahre nach Buenos Aires verfrachteten. Die Mädchen wurden dort in einen streng hierarchisch organisierten Verband eingegliedert, den 1906 Noe Traumann ins Leben gerufen hatte, ein jüdischer Anarchist, Anhänger Bakunins und Gründer des ersten weltweiten Bordellkartells. Alles wurde reglementiert und kontrolliert, jeder Streit zwischen Mädchenhändlern kam vor ein internes Gericht, das aus einer Führungskommission bestand. Die Neuzugänge kamen — wie die Französinnen — über Montevideo, wo die polizeiliche Kontrolle recht nachlässig gehandhabt wurde. Von dort nahmen sie die »Michailowitsch«, benannt nach einem Polen, der die Schiffsverbindung zwischen den Hauptstädten Uruguays und Argentiniens durch das Delta des Rio de la Plata geschaffen hatte. Doch die blühenden Geschäfte der »Warsavia«, die sich in den zwanziger Jahren »Zwi Migdal« nannte, brachen 1931 zusammen, nachdem Kommissar Julio L. Alsogaray eine mutige und hartnäckige Untersuchung eingeleitet hatte. Unterstützt wurde er dabei von Raquel Liberman, einer Prostituierten, die der unerträglichen Situation ein Ende machen wollte.

1923 taucht Corto nicht nur in die trübe Welt der dreitausend Bordelle, der fragwürdigen Polizisten, der bedenkenlosen Meuchelmörder ein. Er kommt auch mit den wahren Hintergründen des Geschäfts mit der Sexualität in Berührung. Auf der Suche nach den Mördern von Louise trifft er auf die reichsten angelsächsischen Großgrundbesitzerfamilien Patagoniens, die zu allem bereit sind, wenn es um die Erhaltung ihrer riesigen Vermögen geht. Während er in deren Machenschaften verwickelt wird, begegnet er Butch Cassidy wieder, den er bereits 1906 kennengelernt hatte. Butchs Auftauchen ist insofern überraschend, als man ihn am 9. Dezember 1911 im Haus der Brüder Hahn in der Nähe von Cholila für tot liegengelassen hatte.

Nachdem er die örtliche Atmosphäre etwas gereinigt hat, indem er die Erzschurken in eine Grube mit ungelöschtem Kalk beförderte, schlägt Corto den Weg nach Süden ein. Ihm bleibt nur der bittere Trost, daß er die kleine Tochter von Louise Brooksowyc, in der viele auch die Tochter unseres Vagabunden der Meere vermuten, nach Venedig bringen kann...

PEDRO de MENDOZA
ALMIRANTE BROWN
RIACHUELO

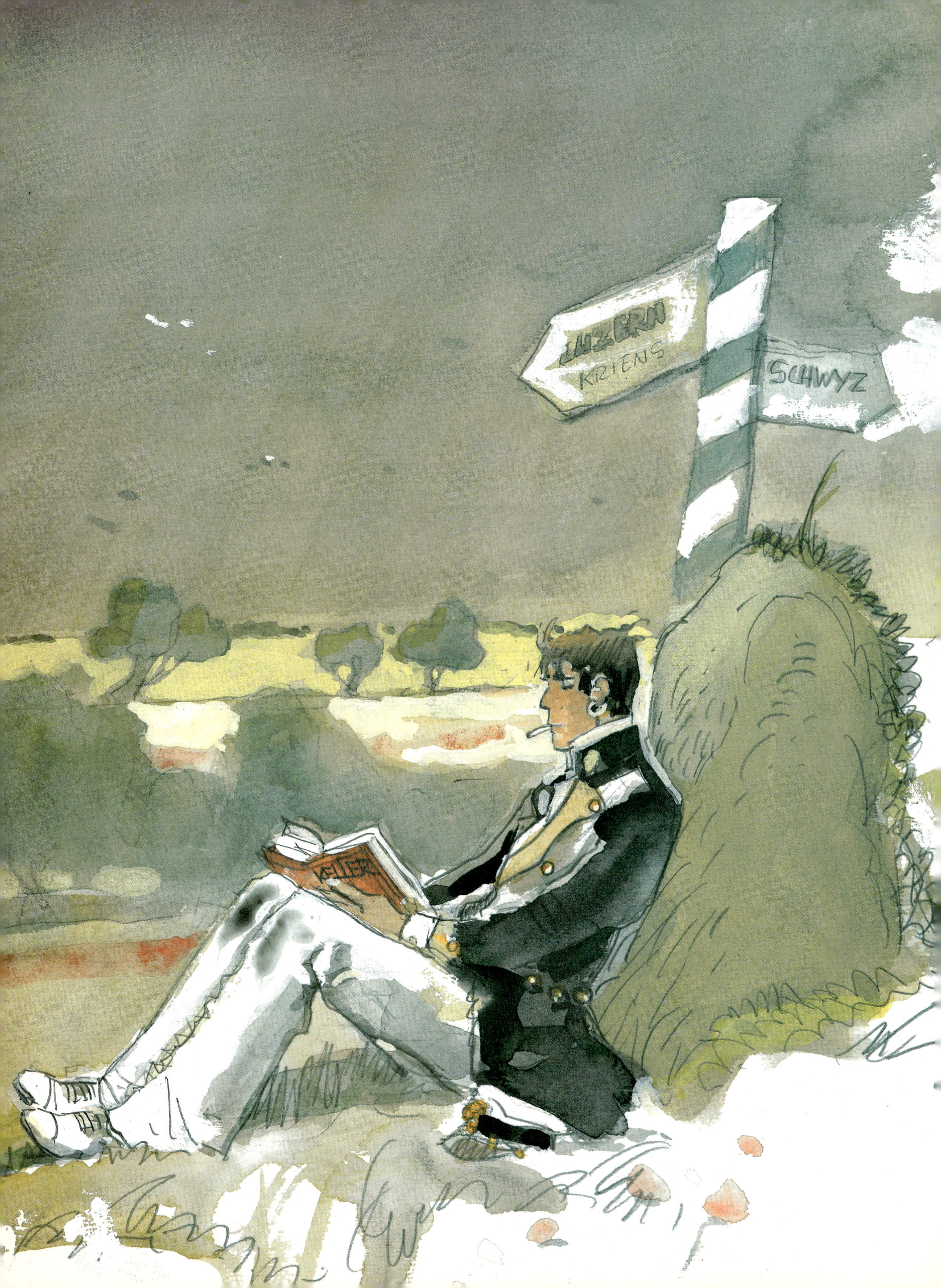
LUZERN
KRIENS
SCHWYZ
KELLER

DER TEUFELSPROZESS
1924/...

*Wie Corto Maltese in einem Schweizer Pensionszimmer einschläft,
die Welt der Träume betritt und zu neuem Leben geboren wird.*

WIEDERGEBURT IM ANGESICHT DES TODES

In der Bibel heißt es: »Die Hoffnung, die sich verzieht, ängstet das Herz; wenn's aber kommt, was man begehrt, das ist ein Baum des Lebens.« (Sprüche XIII, 2). Auch Corto, der durch seinen Freund Steiner die Schriften Freuds kannte, wußte, daß verdrängte Bedürfnisse krank machen. Die Huronen und Irokesen zweifelten ebenfalls nicht daran. Sie maßen den Wünschen des Menschen, die sich im Traum ausdrücken können, so große Bedeutung bei, daß sie sich möglichst alles verschafften, was sie im Traum gesehen hatten. Es gab bei ihnen sogar ein Fest, das »Fest der Träume«, bei dem man jedem das zukommen ließ, was er sich erträumte.

Nun könnte man meinen, die Träume unseres Maltesers seien zu maßlos, zu ausgefallen selbst für einen Abenteurer geworden, und ihre Unerfüllbarkeit habe ihn zum Rückzug in jenes kleine Schweizer Dorf Savuit-sur-Lutry veranlaßt. Im Herbst 1924 führten ihn merkwürdige Ereignisse in ein magisches Helvetien, das traditionsreiche Land der Alchimie und Astrologie. Schlichte Geister sehen in dem Alpenland meist nur eine Produktionsstätte für Schokolade oder ein Bankenrefugium. Doch hier erstellte der Inquisitor Jean Nider 1475 das erste populäre Werk über die Dämonenbeschwörung, den »Formicarius«. In diesen Bergen traf man auch auf Männer mit Ziegenköpfen und Wolfsgesichtern, auf antike Satyrn und Faune, nach denen so manches »Teufelshorn« und »Hexental«, so mancher »Höllensee« benannt wurde. Die Schweiz ist das Land, in dem Paracelsus das Geheimnis jenes besonderen Glases entdeckte, aus dem die Phiolen und Flaschen der Alchimisten zu bestehen hatten. Und in Sion befindet sich eine Burg mit einer faszinierenden Vergangenheit...

In Montagnola im Tessin, im Haus Hermann Hesses, der sich als »Nomade, nicht Bauer« bezeichnete, beginnt ein neues Schicksalskapitel für Corto Maltese. Der Ritter Klingsor kommt darin vor, der Held einer Novelle Hesses, der bereits Wagners und vor allem Wolfram von Eschenbachs Phantasie beflügelt hatte. Durch die Lektüre eines Buches und im Schlaf, der die Zeit außer Kraft setzt, stürzt Corto in eine andere Welt. Aber es gibt keinen Traum,

Die Gralsburg

Ein deutscher Miniaturenmaler hat im 13. Jahrhundert Klingsor mit seinen Waffen, dem Wappenschild und seinem Zelter dargestellt.

SATAN SPIELT OFT ZUM HEXENTANZ AUF. FÜR MICH SPIELTE ER DEN PROZESSBEVOLLMÄCHTIGTEN AN DER SPITZE EINER SELTSAMEN JURY.

STROCK! TOCK! STOCK!

ICH TANZTE MIT DEN KORRIGANS UND DEN VOODOO-GÖTTERN, ICH TANZTE AUCH MIT SKELETTEN EINEN ALTEN TOTENTANZ.

der nicht auf der Wirklichkeit verborgener Dinge basiert, kein Bild, das nicht auf die Realität zurückweist, wie Paracelsus in seinem Buch »Von dem seligen Leben« schreibt: »Wenn man an eine Wand ein Bild malt, das einen Menschen darstellt, werden alle Schläge und Wunden, die man dem Bild zufügt, auch dem zuteil, dem es ähnlich sieht. Das bedeutet, daß der Geist dieses Menschen kraft eines anderen Geistes, den man mitgemalt hat, in das Abbild eingeht... Welche Strafe du auch immer diesem Menschen zugedacht hast, er wird sie erfahren, so du sie seinem Bild zufügst, denn dein Geist hat den Geist des anderen im Abbild gebannt, dergestalt, daß jener dein Diener geworden ist und alles erdulden muß, was du ihm auferlegen magst.« Durch dieses Buch und Jahrhunderte nach dessen Niederschrift wurde Corto in ein Universum geworfen, in dem die Sinne sich irrealen Phänomenen stellen müssen. Dort begegnen ihm ein Schreckgespenst in der Uniform der Royal Navy, der Tod mit der Sense, der teutonische Ritter Klingsor, niedergeschlagene Feen, aufmüpfige Raben, ein rachsüchtiger Affe, die Gralsburg, ein Totentanz, die alchimistische Rose, der Heilige Gral, und er erlebt einen Prozeß von der Art des Jüngsten Gerichts, bei dem eine seltsame Jury unter Vorsitz eines satanischen Bocks, wie man ihn auf alten Stichen von Hexensabbaten sehen kann, über sein Schicksal berät.

Das Narrengericht

Aus diesem Schlaf, in dem Corto heimgesucht wird von zweitausendjährigen Überlieferungen, von historischen Ablagerungen, von heiligen und verfluchten Wesen, erwacht er sichtlich verjüngt — als hätte er ein Lebenselixier gekostet. Er gewinnt eine Unsterblichkeit, der nur die Liebe einer Frau etwas anhaben könnte, wenn das eines Tages sein Wunsch sein sollte. In den Fabeln liegt ja stets eine Wahrheit, ein Geheimnis, das an die ewigen Mysterien rührt, wie Heraklit in der Geburtsstunde der griechischen Philosophie schrieb: »Es gibt zwei Wahrheiten, zwei Logiken. Die der sichtbaren Welt, in der die Vernunft den Sinnen unterworfen ist, unterliegt jener anderen, in der alles eins und in einer Ganzheit geborgen ist.« Die Ganzheit Corto Malteses, der wirklichen Person, die von ihrem Schöpfer neu erfunden wurde, läßt sich nicht in diese beiden Aspekte, in zwei Wesen teilen. Die Begebenheiten eines Menschenlebens, die zwischen zwei Jahreszahlen auf einen Grabstein gedrängt oder in Zeitungsnachrufen vermittelt werden, sind nicht wahrer als Träume oder überlieferte Mythen.

Als Objekt der Geschichte und Subjekt seiner Erinnerungen gehört Corto Maltese im Jahr 1924 nicht mehr nur sich selbst. Er steht an der Schwelle eines neuen Lebens...

WO DAS GLÜCK
HINFÄLLT,
BREITET ES
SICH AUS.

GOTTFRIED
KELLER

ST. JOST IN BLATTEN

DER PLANET DER SCHÖNEN TRÄUME

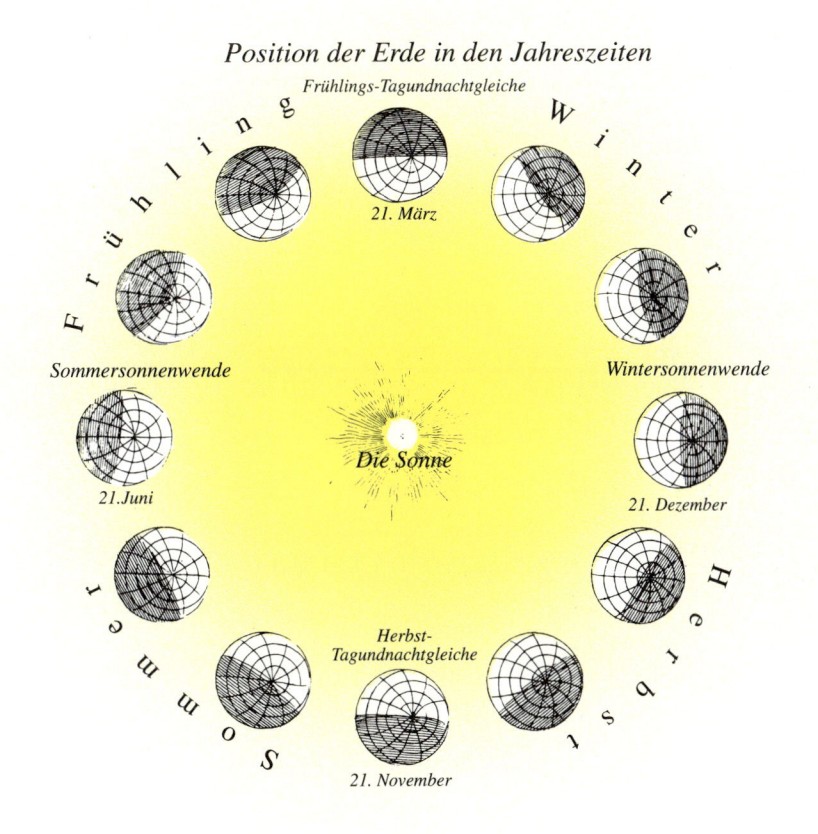

Position der Erde in den Jahreszeiten
Frühlings-Tagundnachtgleiche

Frühling
Winter
21. März

Sommersonnenwende
Wintersonnenwende

Die Sonne

21. Juni
21. Dezember

Sommer
Herbst

Herbst-Tagundnachtgleiche
21. November

WÄHREND DAS CHINESISCHE UND DAS RUSSISCHE REICH UNTERGEHEN UND JAPANS STERN AUFGEHT, ERFÄHRT CORTO IM ORIENT ERSTE PRÄGENDE EINDRÜCKE. SPÄTER KEHRT ER ALS ERWACHSENER AUF DER SUCHE NACH EINEM SCHATZ HIERHER ZURÜCK.

Abenteurer und Schriftsteller, Glücksritter und Dichter machen Asien immer wieder zum Schauplatz ihrer Initiationsreisen. Corto Maltese bildet da keine Ausnahme. Schon 1900 fährt er nach China und erlebt den Boxeraufstand. Von 1905 bis 1913 und 1919, im Jahr der großen Umwälzungen und Neuordnungen, hält er sich erneut im Osten auf. Der Okzident verliert an Einfluß, Rußland spielt neue Karten aus, China behält seine Asse im Ärmel, und die Japaner beginnen mitzumischen. Es ist ein trauriges Spiel, in das Corto auf seinen Asienreisen per Bahn, Schiff und sogar – zum ersten Mal in seinem Leben – per Flugzeug hineingezogen wird. Er trifft auf Geheimbünde, Kriegsherren, einen verrückten Baron, eine wohlgeborene Herzogin, einen Goldzug, ein junges chinesisches Mädchen, bevor er das Land verläßt, das ihn nie mehr loslassen wird.

MANDSCHULI
(Januar 1920)

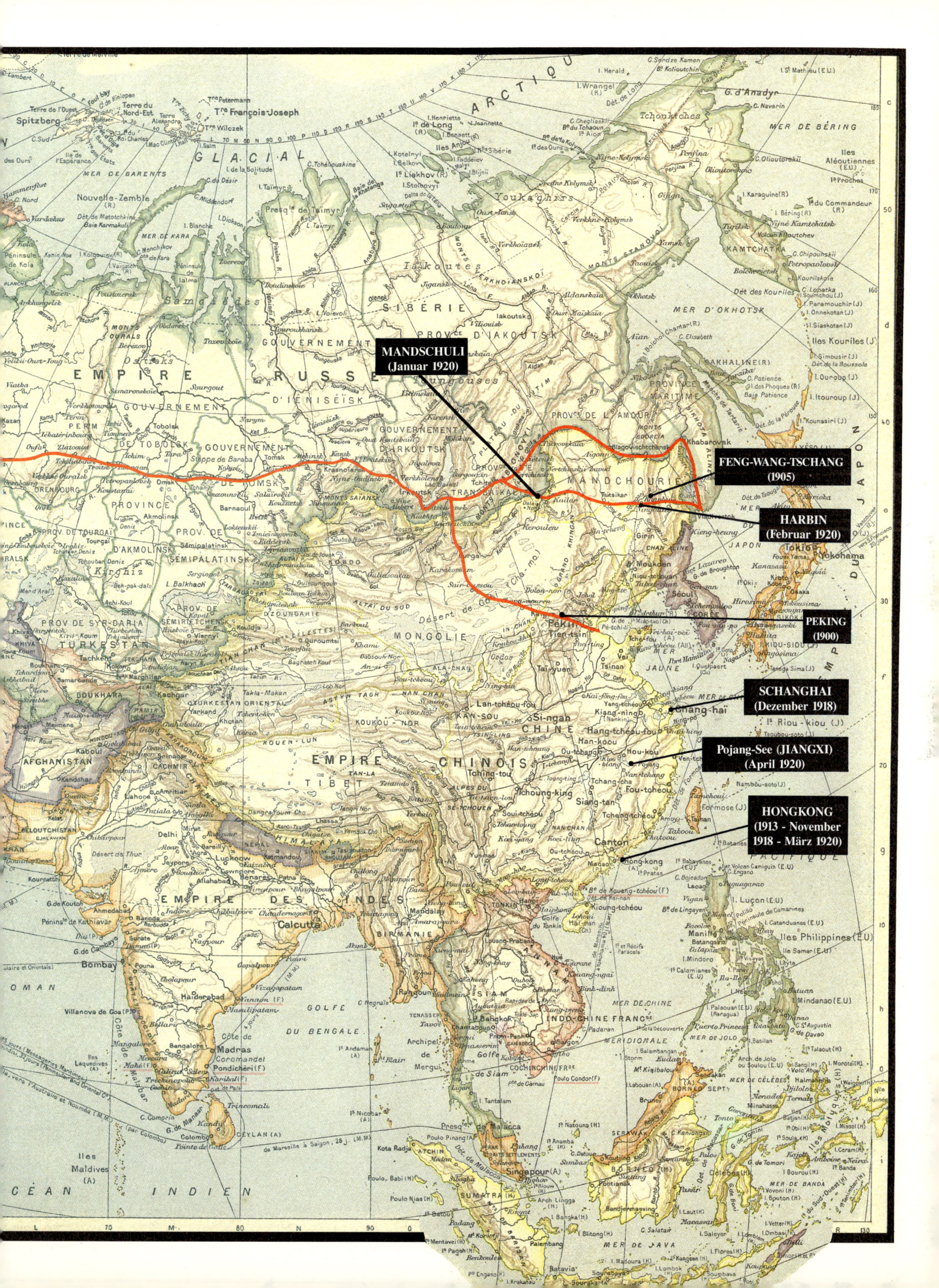

FENG-WANG-TSCHANG
(1905)

HARBIN
(Februar 1920)

PEKING
(1900)

SCHANGHAI
(Dezember 1918)

Pojang-See (JIANGXI)
(April 1920)

HONGKONG
(1913 - November
1918 - März 1920)

Escondida

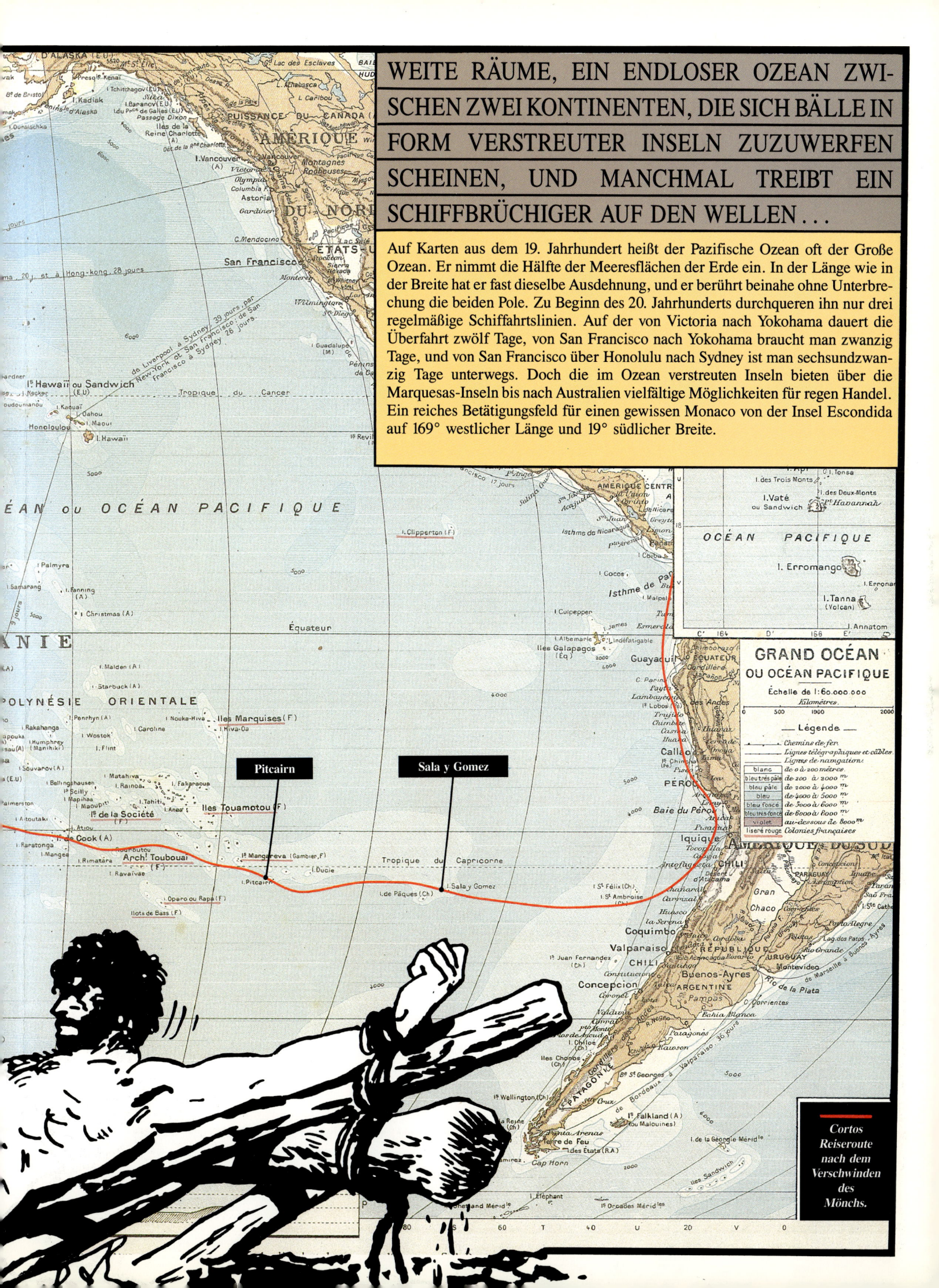

WEITE RÄUME, EIN ENDLOSER OZEAN ZWISCHEN ZWEI KONTINENTEN, DIE SICH BÄLLE IN FORM VERSTREUTER INSELN ZUZUWERFEN SCHEINEN, UND MANCHMAL TREIBT EIN SCHIFFBRÜCHIGER AUF DEN WELLEN...

Auf Karten aus dem 19. Jahrhundert heißt der Pazifische Ozean oft der Große Ozean. Er nimmt die Hälfte der Meeresflächen der Erde ein. In der Länge wie in der Breite hat er fast dieselbe Ausdehnung, und er berührt beinahe ohne Unterbrechung die beiden Pole. Zu Beginn des 20. Jahrhunderts durchqueren ihn nur drei regelmäßige Schiffahrtslinien. Auf der von Victoria nach Yokohama dauert die Überfahrt zwölf Tage, von San Francisco nach Yokohama braucht man zwanzig Tage, und von San Francisco über Honolulu nach Sydney ist man sechsundzwanzig Tage unterwegs. Doch die im Ozean verstreuten Inseln bieten über die Marquesas-Inseln bis nach Australien vielfältige Möglichkeiten für regen Handel. Ein reiches Betätigungsfeld für einen gewissen Monaco von der Insel Escondida auf 169° westlicher Länge und 19° südlicher Breite.

Cortos Reiseroute nach dem Verschwinden des Mönchs.

Pilze und Halluzinationen

Die Lagune der schönen Träume

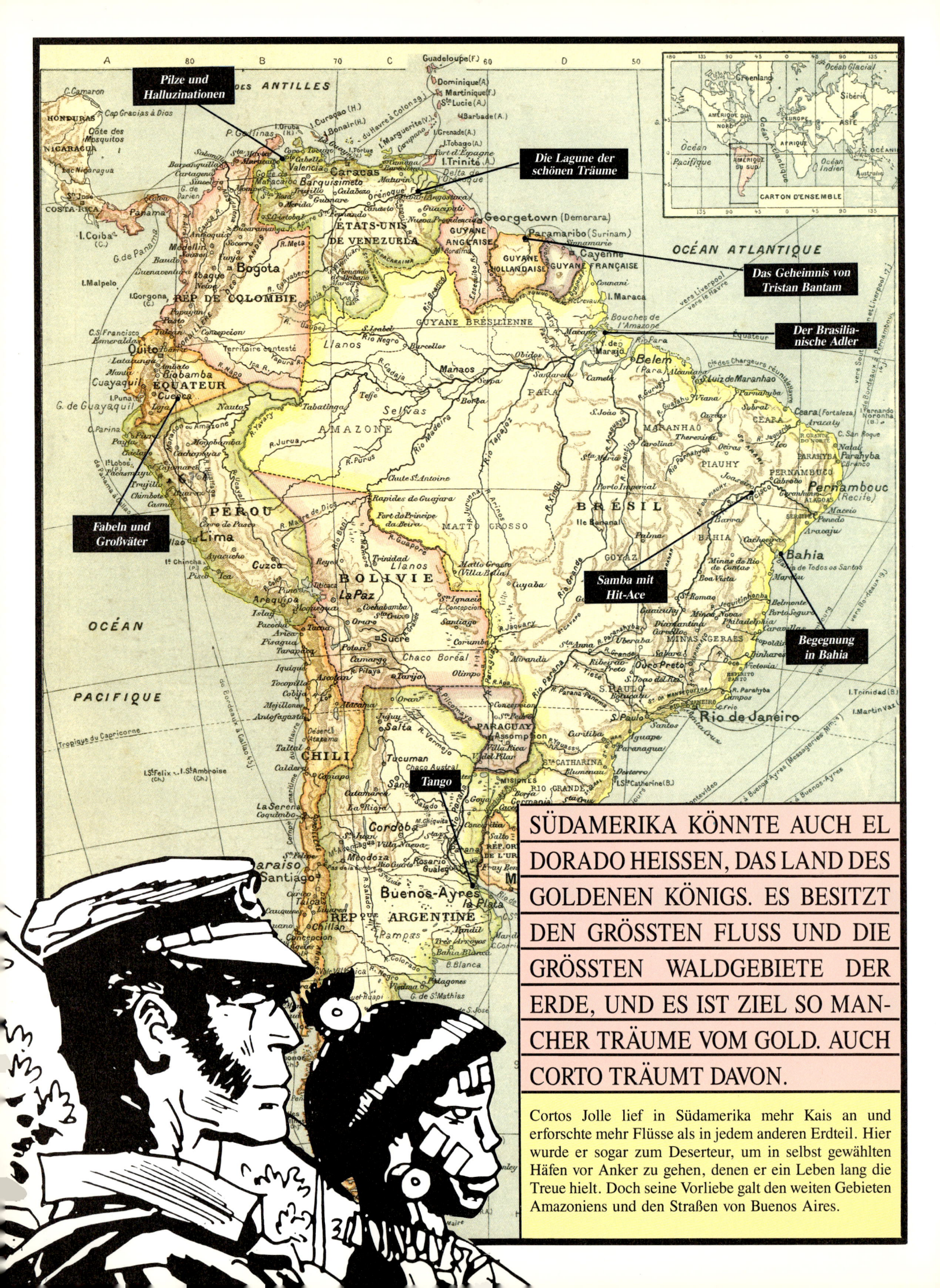

Das Geheimnis von Tristan Bantam

Der Brasilianische Adler

Fabeln und Großväter

Samba mit Hit-Ace

Begegnung in Bahia

Tango

SÜDAMERIKA KÖNNTE AUCH EL DORADO HEISSEN, DAS LAND DES GOLDENEN KÖNIGS. ES BESITZT DEN GRÖSSTEN FLUSS UND DIE GRÖSSTEN WALDGEBIETE DER ERDE, UND ES IST ZIEL SO MANCHER TRÄUME VOM GOLD. AUCH CORTO TRÄUMT DAVON.

Cortos Jolle lief in Südamerika mehr Kais an und erforschte mehr Flüsse als in jedem anderen Erdteil. Hier wurde er sogar zum Deserteur, um in selbst gewählten Häfen vor Anker zu gehen, denen er ein Leben lang die Treue hielt. Doch seine Vorliebe galt den weiten Gebieten Amazoniens und den Straßen von Buenos Aires.

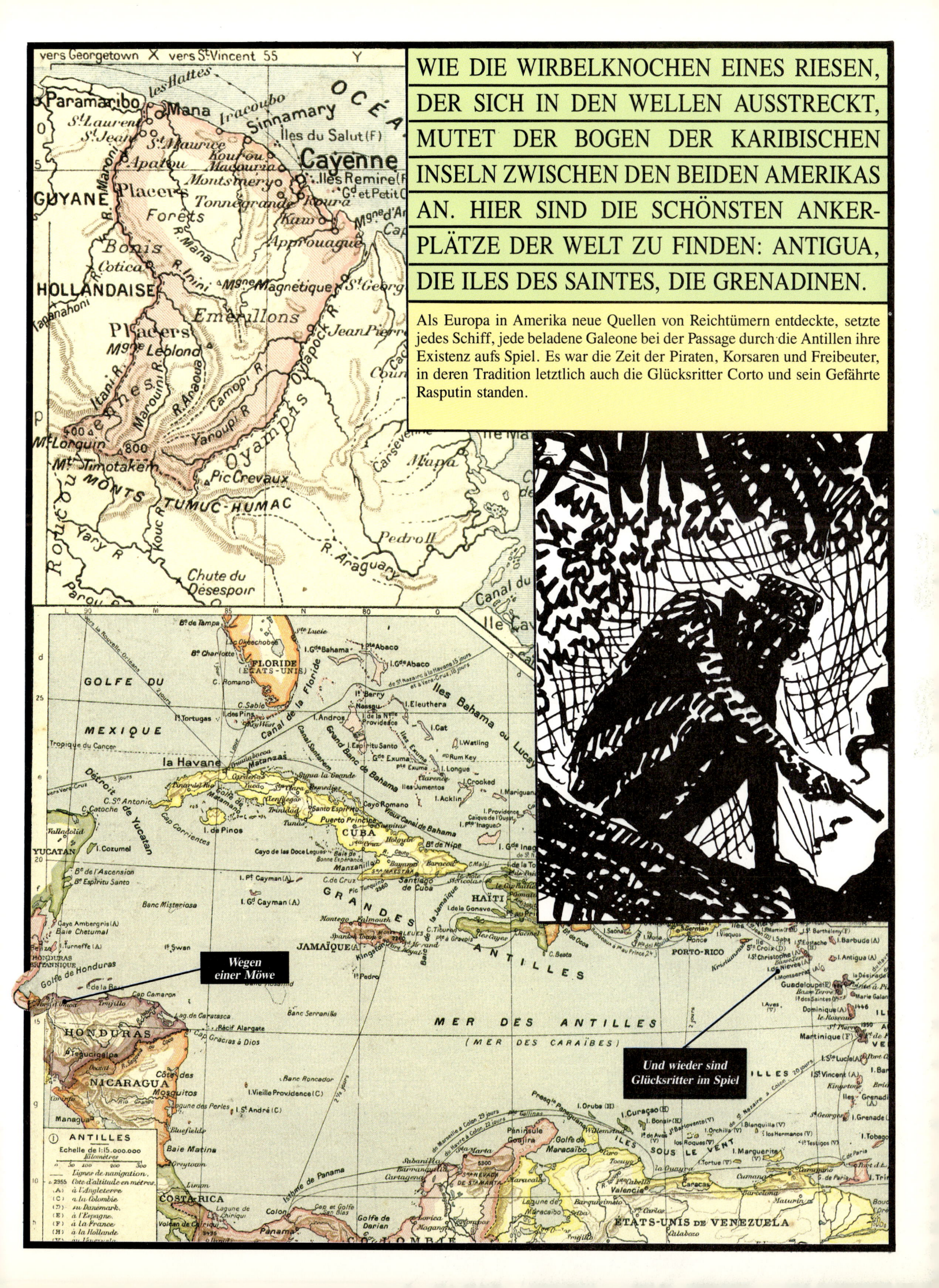

WIE DIE WIRBELKNOCHEN EINES RIESEN, DER SICH IN DEN WELLEN AUSSTRECKT, MUTET DER BOGEN DER KARIBISCHEN INSELN ZWISCHEN DEN BEIDEN AMERIKAS AN. HIER SIND DIE SCHÖNSTEN ANKERPLÄTZE DER WELT ZU FINDEN: ANTIGUA, DIE ILES DES SAINTES, DIE GRENADINEN.

Als Europa in Amerika neue Quellen von Reichtümern entdeckte, setzte jedes Schiff, jede beladene Galeone bei der Passage durch die Antillen ihre Existenz aufs Spiel. Es war die Zeit der Piraten, Korsaren und Freibeuter, in deren Tradition letztlich auch die Glücksritter Corto und sein Gefährte Rasputin standen.

Wegen einer Möwe

Und wieder sind Glücksritter im Spiel

MYTHEN SIND GEFÄHRLICH. SIE FÜHREN ZU VERBRECHEN UND OPFERN. IRLAND IST DIE MYTHISCHSTE UND DIE GEQUÄLTESTE INSEL. AUCH CORTO EMPFING HIER TIEFE WUNDEN ...

Auf dieser Karte des keltischen Gebiets fehlt die Bretagne, wo Merlin im Wald von Brocéliande schläft. Eines Tages erwacht er, weil die Sachsen erneut das Land der Monolithen bedrohen. Legenden und Träume, Nebel und Sagen. Dennoch spielt sich im benachbarten Irland seit Jahrhunderten ein wirkliches Drama ab, das nicht enden will.

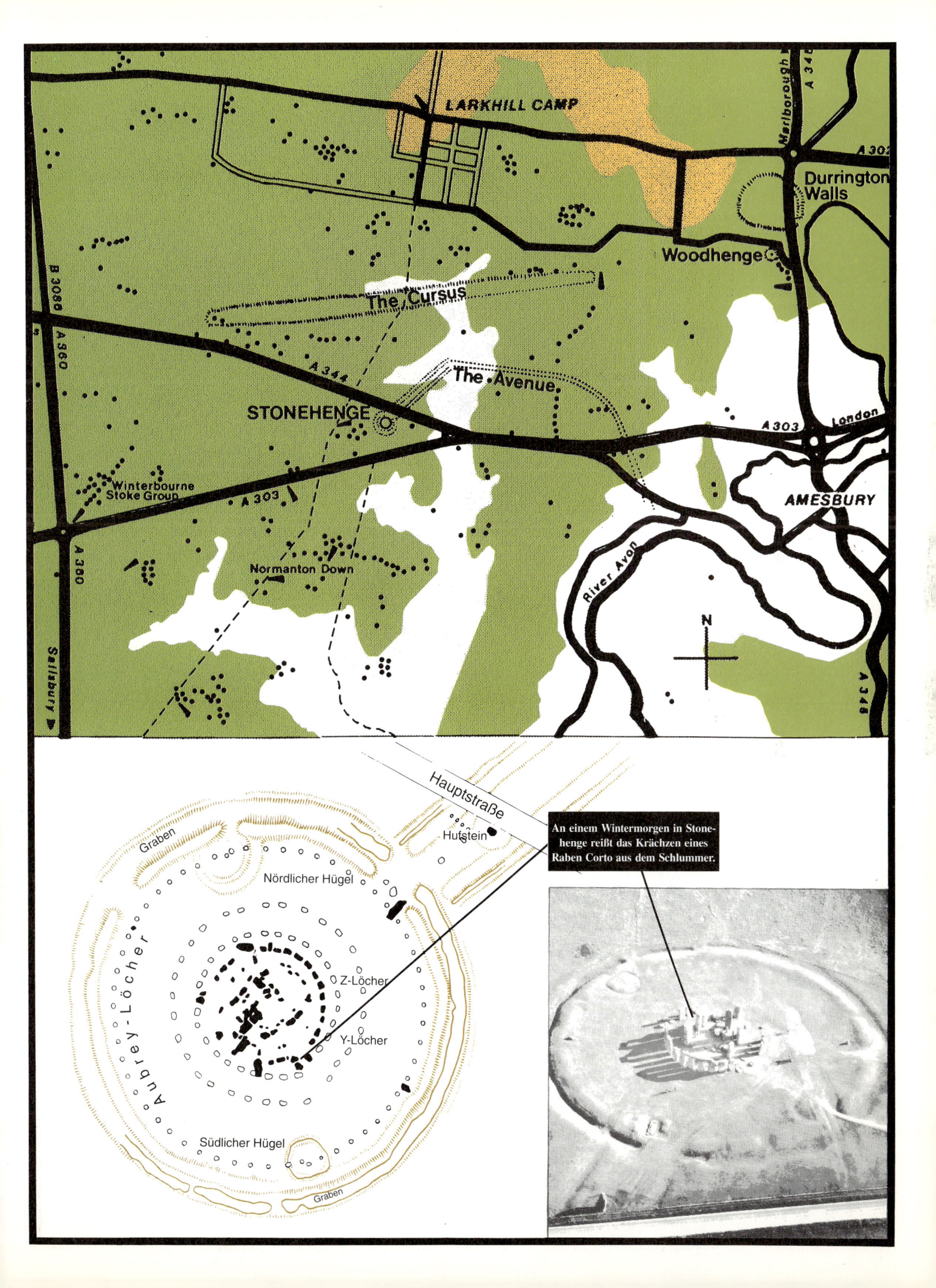

LARKHILL CAMP
Durrington Walls
Woodhenge
The Cursus
The Avenue
STONEHENGE
Winterbourne Stoke Group
Normanton Down
AMESBURY
River Avon
Salisbury

Hauptstraße
Graben
Hufstein
Nördlicher Hügel
Aubrey-Löcher
Z-Löcher
Y-Löcher
Südlicher Hügel
Graben

An einem Wintermorgen in Stonehenge reißt das Krächzen eines Raben Corto aus dem Schlummer.

AFRIKA, DEN UNERGRÜNDLICHEN KONTINENT, BETRITT CORTO MALTESE VOM ORIENT HER. EINE SUITE IN VIER SÄTZEN, DANN REIST ER WEITER ZU ANDEREN HORIZONTEN. UM AFRIKA ZU VERGESSEN?

Die Kolonialmächte Europas saßen auf dem Schwarzen Erdteil fest im Sattel. Nur Äthiopien gestand man Autonomie zu, obwohl Italien auch hier Spuren eines Anfalls von Machthunger hinterließ. Das andere Extrem bildete Liberia, das so sehr unter der Vorherrschaft der Vereinigten Staaten stand, daß der Landesname wie purer Hohn klang. Frankreich, das Vereinigte Königreich, das Deutsche Reich Wilhelms II., Belgien, Portugal und Spanien hißten ihre Fahnen von Algier bis zum Kap, von Dakar bis Dschibuti. Als Corto Afrika bereist, zeichnen sich die Unabhängigkeitsbestreben noch längst nicht ab. Doch vereinzelte Aufstände wiesen auf die Vorläufigkeit der kolonialen Zustände hin.

AFRIQUE
CARTE POLITIQUE

- Im Namen Allahs des Gnädigen
- Der Gnadenstoß
- Neue Romeos und neue Julias
- Die Leopardenmenschen vom Rufidschi

WIE EINE ZWISCHEN ZWEI LÄNDERN ZUSAMMENGEROLLTE SCHLANGE BIETET VENEDIG SICH DEM GENIESSER, DEM TRÄUMER, DEM MYTHOMANEN DAR. WIE EIN ÜBERREIFER APFEL, IN DEN MAN SEHNSÜCHTIGEN HERZENS UND GAUMENS BEISSEN MÖCHTE.

Corto Maltese durchmißt Venedig zu Fuß, vom Ghetto bis nach San Pietro di Castello, von Burano bis San Lazzaro. Gebeugt unter der Last ihrer großen Vergangenheit, bietet die Stadt dem Abenteurer die unerhörtesten Erlebnisse. Heute wie zu Cortos Zeiten, ein wenig matt schon, dem Tode nah, entstehen hier Fabeln und Legenden.

LAGUNE VENETE.

1 : 340,000

Chilometri

Inset labels
- San Francesco del Deserto
- San Lazzaro degli Armenii
- San Pietro di Castello
- Griechischer Löwe des Arsenals

Main map — principal labels

Cimitero · S. Michele · Sacca

Fondamenta Nuove · S. Caterina · I Gesuiti · S. Apostoli · P. Pollice · Scuola dell'Angelo Custode · S. Canciano · S.ta Maria dei Miracoli · S. Giovanni Crisostomo · Teatro Malibran · Fond. del Tedeschi · Posta · S. Bartolomeo · Goldoni · S. Lio · Manin · S. Salvatore · S. Giuliano · Torre dell'Orologio · Patriarc. · S. Gallo · Procuratie Vecchie · Nuovo Fabbr. · S. Marco · P.za S. Marco · Procuratie Nuove · Pal. Reale · Telegr. · S. Moisè · Giardino Reale · Zecca

S. Lazzaro dei Mendicanti · Ospedale Civile · S.ta Maria del Pianto · Scuola di S. Marco · S. Giovanni e Paolo · Colleoni · L'Ospedaletto · S. Maria Formosa · La Fava · Prigioni · Querini · Comm.di di Malta · S. Giorgio degli Schiavoni · S. Antonino · S. Giovanni Nuovo · P. Trevisani · S. Giorgio dei Greci · S. Zaccaria · La Pietà · degli Schiavoni

Piazzale della Celestia · Gazometro · Caserma · S. Francesco della Vigna · S. Lorenzo · Darsena Vecchia · Calle delle Gatte · Canal delle Galeazze · Punta d'Ingresso · P. Campagna · S. Martino · S. Giovanni in Bragora · Fabbrica Cordami (la Tana) · S. Biagio · S. Francesco da Paola · via Garibaldi · Mon. Garibaldi

Bacini · Darsena Gr.de · ARSENALE · Canale di Ca Nuova · ISOLA DI S. PIETRO · S. Pietro di Castello · Caserma · Canal di S. Pietro · Punta di Quintavalle · Secco Marina · S. Giuseppe di Castello · Pal. Esposiz. artist. · Giardini Pubblici · Nuova Piazza d'armi · Punta della Motta

CANALE DI S. MARCO · Lido · Chioggia · Punta della Salute · Dogana di Mare

ISOLA DI S. GIORGIO MAGGIORE · Bacino · Caserma · S. Giorgio Maggiore · Canale della Grazia

Le Zittelle

RHODOS
(Dezember 1921)

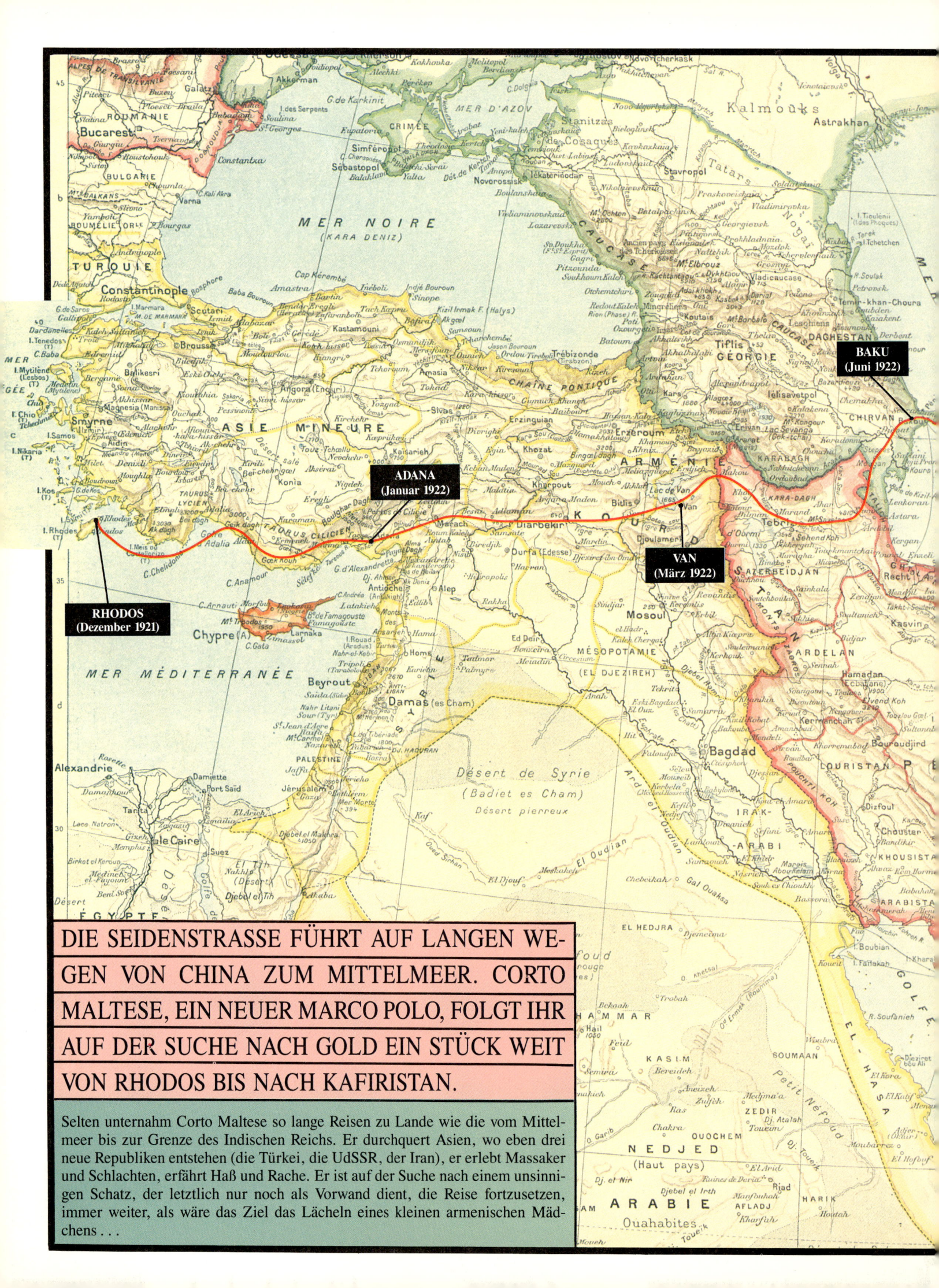

ADANA
(Januar 1922)

VAN
(März 1922)

BAKU
(Juni 1922)

DIE SEIDENSTRASSE FÜHRT AUF LANGEN WEGEN VON CHINA ZUM MITTELMEER. CORTO MALTESE, EIN NEUER MARCO POLO, FOLGT IHR AUF DER SUCHE NACH GOLD EIN STÜCK WEIT VON RHODOS BIS NACH KAFIRISTAN.

Selten unternahm Corto Maltese so lange Reisen zu Lande wie die vom Mittelmeer bis zur Grenze des Indischen Reichs. Er durchquert Asien, wo eben drei neue Republiken entstehen (die Türkei, die UdSSR, der Iran), er erlebt Massaker und Schlachten, erfährt Haß und Rache. Er ist auf der Suche nach einem unsinnigen Schatz, der letztlich nur noch als Vorwand dient, die Reise fortzusetzen, immer weiter, als wäre das Ziel das Lächeln eines kleinen armenischen Mädchens...

Turkestan
(August 1922)

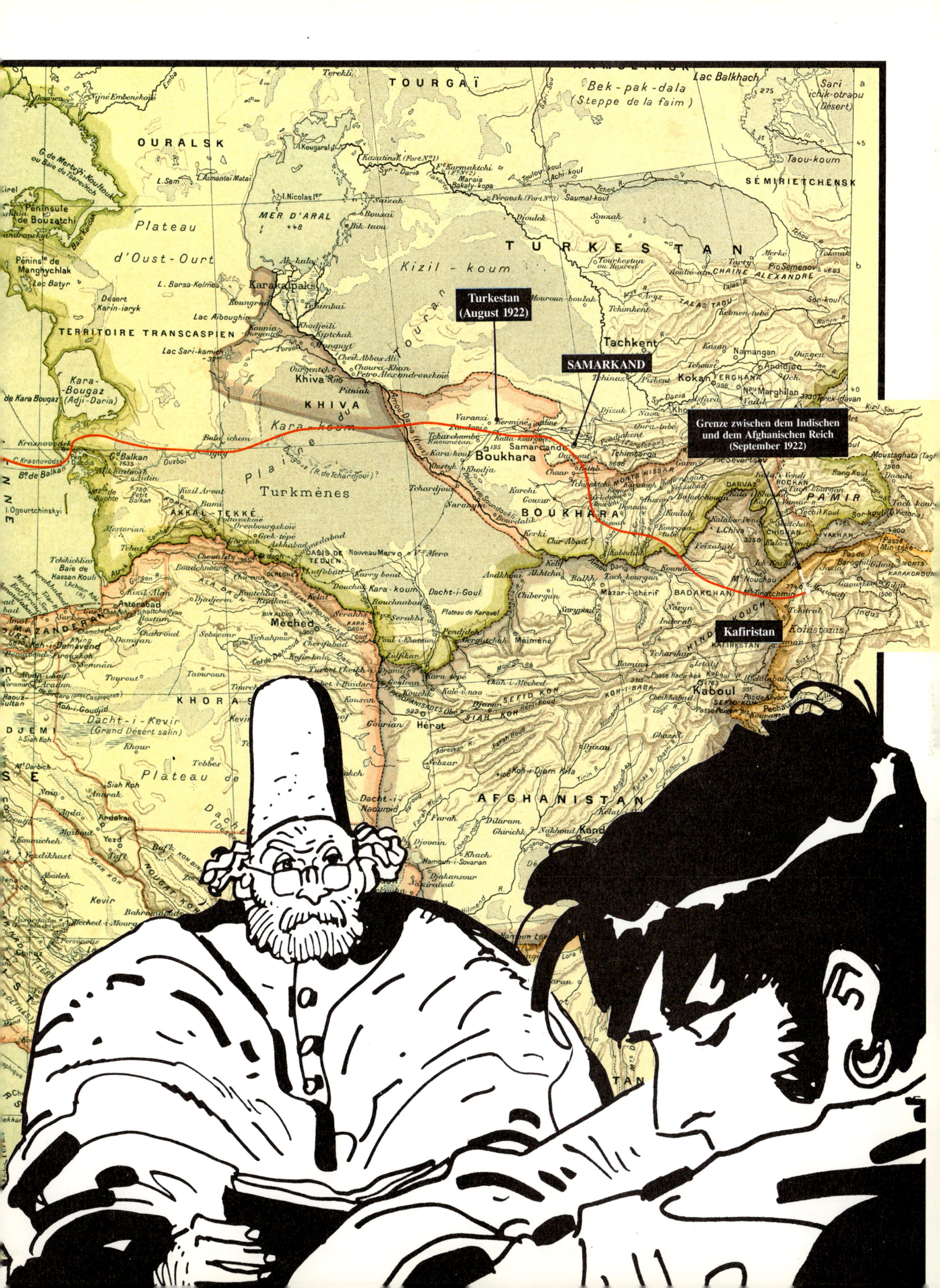

SAMARKAND

Grenze zwischen dem Indischen
und dem Afghanischen Reich
(September 1922)

Kafiristan

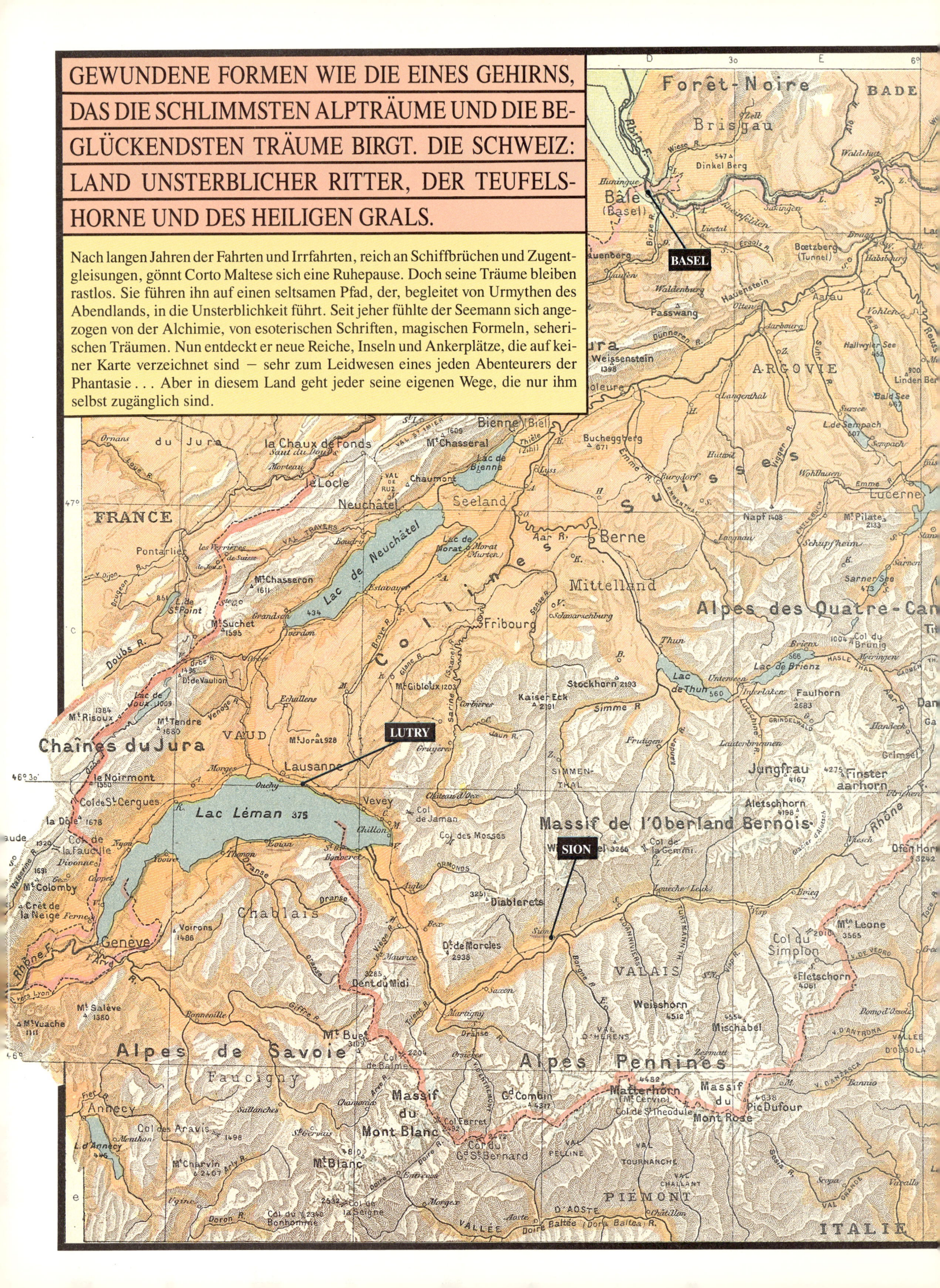

GEWUNDENE FORMEN WIE DIE EINES GEHIRNS, DAS DIE SCHLIMMSTEN ALPTRÄUME UND DIE BEGLÜCKENDSTEN TRÄUME BIRGT. DIE SCHWEIZ: LAND UNSTERBLICHER RITTER, DER TEUFELSHORNE UND DES HEILIGEN GRALS.

Nach langen Jahren der Fahrten und Irrfahrten, reich an Schiffbrüchen und Zugentgleisungen, gönnt Corto Maltese sich eine Ruhepause. Doch seine Träume bleiben rastlos. Sie führen ihn auf einen seltsamen Pfad, der, begleitet von Urmythen des Abendlands, in die Unsterblichkeit führt. Seit jeher fühlte der Seemann sich angezogen von der Alchimie, von esoterischen Schriften, magischen Formeln, seherischen Träumen. Nun entdeckt er neue Reiche, Inseln und Ankerplätze, die auf keiner Karte verzeichnet sind – sehr zum Leidwesen eines jeden Abenteurers der Phantasie... Aber in diesem Land geht jeder seine eigenen Wege, die nur ihm selbst zugänglich sind.

MONTAGNOLA

BERÜHMTE WEGGEFÄHRTEN

*»Ich habe sie nie wiedergesehen.
Einige nahm das Meer, andere der Rausch.
Von den übrigen zeugen die Friedhöfe der Erde.«*

Joseph Conrad

Gabriele d'Annunzio

Italienischer Schriftsteller, geboren 1863 in Pescara in den Abruzzen, gestorben 1938. Nach erfolgreichem Studium veröffentlicht er seine ersten Gedichte, die ihm Zugang zu den literarischen Zirkeln und eleganten Salons der Hauptstadt verschaffen. Großer Frauenliebhaber. Heiratet in Rom eine Herzogin aus feinstem Geblüt, verführt in Neapel eine sizilianische Prinzessin und verzehrt sich in Anbetung der göttlichen Schauspielerin Eleonora Duse, die er in Venedig kennenlernt, Hauptdarstellerin in vielen seiner Stücke. Da er ein aufwendiges Luxusleben führt, ist er bald ruiniert und sucht Zuflucht im Pariser Exil, wo er den Ruhm seines Heimatlandes besingt und sich für dessen Kolonialpolitik begeistert, vor allem die in Libyen. Er kehrt in sein Land zurück und macht sich mit flammenden Worten stark für die Kriegsteilnahme Italiens an der Seite der Alliierten. Als es 1915 soweit ist, begibt er sich getreu seinen Überzeugungen an die Front und verliert dort ein Auge. Seine Soldaten verehren ihn glühend. Im Anschluß an die Verträge von 1919, in denen die Versprechungen aus Krisenzeiten nicht eingelöst wurden, erobert er mit einer Truppe patriotisch gesinnter Abenteurer auf eigene Faust die Stadt Fiume, die dem eben entstehenden Jugoslawien zugefallen war. Dieser kriegerische Akt macht ihn zum Nationalhelden. Er steht den Faschisten und Mussolini nahe und beschert ihnen sowohl den Kampfruf »Eia Eia Alala« als auch den »Führergruß«. In der stolzen Abgeschiedenheit seiner Villa Vittoriale am Ufer des Gardasees

Gabriele d'Annunzio

vervollständigt er sein dichterisches Werk. Die Villa ist eine prunkvolle, barock anmutende Behausung, wo er sich von einem Regime beweihräuchern läßt, das den weltgewandten, in allen europäischen Hauptstädten bekannten Literaten als Aushängeschild benutzt. 1926 schuf Mussolini sogar ein nationales Institut für die Herausgabe von d'Annunzios gesammelten Werken. Nach Vollendung seines monumentalen Tagebuchs starb der Dichter 1938 inmitten von Pomp und Glanz.

Vermutlich erinnerte d'Annunzio sich nicht an seine flüchtige Begegnung mit Corto Maltese im April 1921 in Venedig, zumindest ist in den »Hundert und aber hundert Seiten des geheimen Tagebuchs des Gabriele d'Annunzio, zum Tode verführt« mit keinem Wort die Rede davon...

Butch Cassidy

Alias Ingerfield, mit richtigem Namen Robert Leroy Parker. Geboren 1867 in Circleville, Utah. Mitglied des »Wild Bunch«, der gegen Ende des 19. Jahrhunderts überall in den Vereinigten Staaten bekannt war. Zu der Bande zählte gleichfalls Harvey Logan, den die großen Viehzüchter von seinem Ackerland in Wyoming vertrieben hatten. An Cassidys Seite kämpften außerdem Ben Kilpatrick und Bill Carver, mittellose Cowboys aus dem County Conch in Texas, wo sie wegen Mordes angeklagt waren, weil sie sich gegen das Treiben der Viehbarone gewehrt und einen von ihnen dabei umgebracht hatten. Auch der Texaner Harry Longbaugh zählte zu der Bande, ein Viehdieb aus der Gegend von Sundance, Wyoming. Dutzende von beschäftigungslosen Reitern stießen dazu, und bald genoß die Bande aufgrund ihrer unerschrockenen Angriffe gegen die großen Viehzüchter und ihrer kühnen Raubzüge die Bewunderung des einfachen Volkes. Doch nach 1901 löst die Gruppe sich auf. Bill Carver wird getötet, Logan begeht 1904 Selbstmord. Ben Kilpatrick wird 1912 in Texas erschossen. Cassidy, Longbaugh und dessen Geliebte Etta Place gehen nach Südamerika, nach Argentinien. Nachdem sie sich dort eingelebt haben, nehmen sie ihr gewohntes Handwerk wieder auf und bekämpfen die Großgrundbesitzer, die ihre Peones schamlos ausbeuten. Aus jener Zeit datiert Corto Malteses erste Begegnung mit ihnen. Will man Allan Swallow folgen, der 1966 in Denver das Buch »The Wild Bunch« veröffentlichte, starben Cassidy und Longbaugh am 9. Dezember 1911 in einer Schlacht gegen eine regelrechte Provinzarmee, die man gegen sie aufgestellt hatte. Andere Quellen dagegen behaupten, daß es sich bei den beiden toten Männern auf der Veranda der Farm der Brüder Hahn am Rio Pico südlich von Cholila nicht um Butch und seine Gefährten handelte. Zahlreiche Zeugen bekunden, daß die beiden noch danach in Argentinien, Bolivien, Chile und Uruguay gesehen wurden. Einige behaupten sogar, Cassidy sei noch in den zwanziger Jahren in Alaska, Mexiko und in seiner Geburtsstadt aufgetaucht... Es scheint zumindest verbürgt, daß er 1924 in Buenos Aires noch einmal mit Corto Maltese zusammentraf. Etta Place dagegen beendete ihr Leben in den Vereinigten Staaten, nachdem sie dem Vernehmen nach Pancho Villa mit Waffen versorgt hatte.

»The Wild Bunch«, gesehen durch das Auge des Fotografen. Ernsthaft und würdevoll, in Anzug mit Weste, mit steifem Kragen, Melone und gut sichtbarer Uhrkette: Diese Männer tragen das Pathos des Bürgertums wie des Verbrechertums gleichermaßen zur Schau. Von links nach rechts, sitzend: Sundance Kid, Ben Kilpatrick, Butch Cassidy; stehend: Bill Carver und Kid Curry.

Sir Roger Casement

Engländer protestantischer Konfession, geboren in Ulster, der sich für die irisch-republikanische Revolution einsetzte. Bevor er sich 1916 auf die Seite der Aufständischen schlug, hatte er als britischer Diplomat Karriere gemacht. Als Konsul Großbritanniens vor 1914 in Belgisch-Kongo kritisierte er die harten körperlichen Züchtigungen, die man den Schwarzen antat, und zeigte die Übeltäter an. Die Anliegen der Sinn Fein fand er gerechtfertigt und organisierte Waffenlieferungen von den USA nach Irland, um den Aufstand vorzubereiten. Bei dieser Gelegenheit kam er vermutlich in Kontakt mit Corto Maltese, der ebenfalls Gewehre nach Irland schaffte. 1914 war Sir Roger Casement »diplomatischer Botschafter« der Sinn Fein, nahm Kontakt mit Deutschland auf und schloß im Dezember mit Berlin einen Freundschafts- und Beistandspakt. Doch im April 1916, als ihn ein deutsches U-Boot an der irischen Küste absetzte, weil er an der unmittelbar bevorstehenden Revolte teilnehmen will, wird er verhaftet, zum Tode verurteilt und gehängt. Auch die übrigen Mitglieder der IRB, die Corto ebenfalls kannte, werden hingerichtet: der Lehrer Padraic Pearse und James Connolly, der bei den Kämpfen des »blutigen Ostermontags« verwundet wurde.

Sir Roger Casement

Die Unabhängigkeitserklärung Irlands, unterzeichnet von den sieben Mitgliedern der Übergangsregierung.

Joseph Conrad

Mit richtigem Namen Józef Konrad Korzeniowski, englischer Schriftsteller polnischer Abstammung. Geboren 1857 in Berditschew (Ukraine), gestorben 1924 in Bishopsbourne, Kent. Sein Vater war Landbesitzer und hochgebildet. Er übersetzte Shakespeare, Vigny und Hugo ins Polnische und wurde 1863 wegen nationalistischer Umtriebe gegen Rußland ins Exil nach Nordrußland verbannt. Joseph wurde von seinem Onkel in Krakau großgezogen. Sieben Jahre später packt ihn die Reiselust, er geht nach Frankreich und heuert in Marseille als Matrose auf einem Handelsschiff an. 1878 tritt er in die englische Marine ein. Einige Jahre fährt er zur See, muß jedoch 1894 nach einem Rheumaanfall auf dem von ihm kommandierten Dampfschiff am oberen Kongo seine Reisen unterbrechen. Eine vom Leben auf See inspirierte literarische Karriere beginnt. 1897 erscheint »Der Nigger von der ›Narzissus‹«, 1900 »Lord Jim«, 1915 »Sieg«. Sein Werk handelt von Mut und Verrat, von Schuld und von der Lüge der großen Gefühle. Einiges weist darauf hin, daß Joseph Conrad Corto Maltese 1893 begegnete, als dieser noch ein Kind und in Begleitung seines Vaters war, der dem Schriftsteller angeblich als Modell für gewisse Romanfiguren diente.

Joseph Conrad

Enver Pascha

Türkischer Politiker und General. Geboren 1881 in Konstantinopel, gestorben 1922 in Duschanbe. Er stammte vom Balkan und erhielt seine militärische Ausbildung in Berlin. Nach Konstantinopel zurückgekehrt wurde er eins der einflußreichsten Mitglieder der Jungtürken und war einer der Drahtzieher beim Staatsstreich von 1908/09. Er nahm am Krieg gegen Italien 1911–1912 und am zweiten Balkankrieg

Enver Pascha

teil und wurde 1914 Kriegsminister. Er betrieb den Kriegseintritt seines Landes an der Seite Deutschlands, da er hoffte, so Rußland zu schlagen, das als Erzfeind der Ottomanen betrachtet wurde. Während des Krieges war er einer der Hauptverantwortlichen für die Massaker an den Armeniern. Nach der Oktoberrevolution paktierte er mit den Bolschewiken und reiste mehrfach nach Moskau. Dann unternahm er jedoch eine Kehrtwendung und machte sich für ein großtürkisches Reich zwischen der Wolga und dem Süden Turkestans stark. Diese Wahnvorstellung besiegelte seinen Sturz. Corto war Zeuge seines Todes im August 1922 bei einem Gefecht mit einem Trupp der Roten Armee.

Paul Gauguin

Französischer Maler, geboren 1848 in Paris, gestorben 1903 im Dorf Atuana, La Dominica (Hiva-Oa), Marquesas-Inseln. Die Lebenswege Gauguins und Corto Malteses kreuzten sich mehrfach. Der Maler und der Glücksritter hielten sich verschiedentlich am selben Ort auf, zum Beispiel in Port-Famine (Magellan-Straße), Rio de Janeiro, auf Tahiti und den Marquesas-Inseln... Cortos Vater kannte Victor Segalen, der nach Gauguins Tod Zeuge der gerichtlich angeordneten Auflösung von dessen Vermögen war, wodurch das Werk des Malers in alle Winde zerstreut wurde. Wahrscheinlich durch Segalens Vermittlung kaufte Corto später die »Negerin von Martinique«, eine Goùache aus der Sammlung von Durrio und von Jalewski, die heute verschollen ist, nachdem sie von Rasputin aus Cortos Haus in Hongkong gestohlen wurde... Doch die Verbindungen setzen sich auf der Insel Escondida fort, wo ein Gefährte Cranios, ein Maori mit Namen Tioka, in den Diensten des Mönchs stand. Dessen Bruder war mit Gauguin befreundet. Er sagte nach dem Tod des Malers: »Jetzt gibt es keinen echten Mann mehr.«

Paul Gauguin

Ernest Hemingway

Amerikanischer Schriftsteller, geboren 1899 in Oak Park, Illinois, gestorben 1961 in Ketchum, Idaho. Seine Begegnung mit Corto Maltese ist eindeutig belegt. Sie fand statt, als Hemingway Fahrer eines Ambulanzwagens des italienischen Roten Kreuzes an der venetischen Front war. Nachdem er an der Bergung eines Schatzes beteiligt gewesen war, wurde er am 8. Juli 1918 in Fossalta di Piave schwer verwundet und brachte drei Monate in Mailand im Krankenhaus zu. Dort lernte er eine junge amerikanische Krankenschwester kennen, das Vorbild für Catherine Barkley aus »In einem andern Land« (»A Farewell to Arms«, 1929).
Später verfehlten Corto und Hemingway sich in Kleinasien um Haaresbreite. Im Dezember 1921 war Corto in Kilikien, als Hemingway weiter nördlich in Ionien eintraf, und danach sind sie sich nicht wieder begegnet. Sie teilten jedoch dieselben Lebensanschauungen, die Bewunderung für schöne Frauen, die Vorliebe für Inseln, die Begeisterung für Venedig, die Corto oft betonte und die Hemingway in einem seiner letzten Romane »Über den Fluß und in die Wälder« (»Across the River and Into the Trees«, 1949) thematisierte. Beide mißtrauten der Heldengeste, glaubten an die Bewährung in der Gefahr und die Sinnlosigkeit des Daseins. Beide waren heimatlose, rastlose Menschen, pathetisch zuweilen, im Einklang mit der Welt und ständig auf der Suche nach Neuem, anderem, oft mit sentimentalen Anwandlungen und einer Neigung zum Romantisieren von Begebenheiten, die allerdings tatsächlich alles andere als banal waren.

Hermann Hesse

Deutscher Schriftsteller, ab 1923 Schweizer Bürger. Geboren 1877 in Calw, Württemberg, gestorben 1961 in Montagnola im Tessin. Es ist anzunehmen, daß Corto Maltese diesen Dichter mit der gespaltenen Persönlichkeit kannte, der hin- und hergerissen wurde zwischen den Polen der Weltanschauung und dem Schicksal des einzelnen. Hesse schwankte in seinen Werken wie im Leben zwischen der Romantik des Widerstands und der Sehnsucht nach Ordnung, zwischen Wanderlust (sein Aufenthalt 1911 in Indien war ein Schlüsselerlebnis) und der Seßhaftigkeit ab 1919 auf seinem herrlichen Anwesen Casa Camuzzi am Luganer See.
Doch er blieb seiner Ablehnung von Krieg und etablierten Institutionen immer treu, er verachtete Mittelmäßigkeit und Normalität und suchte die Poesie im wirklichen Leben. 1916 unterzog er sich einer Psychoanalyse, die damals noch in den Anfängen war. Seine Werke kreisen um das Thema das Erleuchtung über Raum und Zeit hinaus, er empfing im Orient und aus dem abendländischen Mittelalter prägende Eindrücke, er drückte seine Ängste aus und transformierte sie. Diese Thematik durchdringt alle seine Werke. Corto Malteses Grundeinstellung dagegen — und dies ist der wesentliche Unterschied zu Hesse — beruhte eher auf keltischer Zurückhaltung.

Ernest Hemingway

Hermann Hesse

James Joyce

Irischer Schriftsteller, geboren 1882 in Dublin, gestorben 1941 in Zürich. Mit unersättlichem Erkenntnisdrang erforschte Joyce das Reich der Träume. Er vermengte die Sprachen, Figuren und Situationen verschiedenster Zeiträume. In seiner Phantasie sind alle Verbindungen möglich. Den Höhepunkt seines Schaffens bilden »Ulysses« (1922) und »Finnegans Wake« (1939). Diese Werke waren in Grundzügen bereits in den Triester Jahren 1906 bis 1915 angelegt, als Joyce Dublin untreu geworden war und bevor er nach Paris und Zürich ging. Möglicherweise haben Joyce und Corto sich 1907 in jener Triester Zeit getroffen... Man kann nur vermuten, was die beiden Männer sich zu sagen hatten. Der Seemann war zwanzig Jahre alt, der Dichter nur fünf Jahre älter. Beide betrachteten das Leben mit humorvoller und ironischer Distanz, Corto mitunter mit leichtem Zynismus. Joyce beschrieb den Schöpfergott als einen, der sich »weit entfernt von seinem Werk die Fingernägel poliert«.

James Joyce

Klingsor

Über diese literarische Figur des Mittelalters wurden vom 13. Jahrhundert bis heute Tausende von Seiten geschrieben. Zum ersten Mal taucht Klingsor im Parzival-Epos des Wolfram von Eschenbach auf. Er ist Herzog von Sizilien und wird entmannt, als der König ihn mit seiner Frau ertappt. Klingsor kultiviert fortan seine geistigen Gaben, wird Magier und paktiert mit dem Teufel. Andere Autoren sehen in ihm einen großen Gelehrten, in den Künsten bewandert, aber mit den bösen Kräften im Bunde. Im 19. Jahrhundert belebt E. T. A. Hoffmann die Figur erneut. Er beschreibt Klingsor als einen imposanten Mann, angetan mit einer roten Samtrobe mit weiten, zobelbesetzten Ärmeln. »Sein Gesicht glich einer heidnischen Jupiterstatue, die Stirn von majestätischem Ernst, während die Augen funkelnde Blitze sprühten. Er trug einen mächtigen schwarzen Bart, und er lebte in einem Zimmer, das vollgestopft war mit Büchern und Apparaten aller Art.« Einige Jahrzehnte nach Hoffmann stellte Wagner in seinem »Parzival« (1877) Klingsor als frommen Eremiten dar, der sich in seinem Streben nach Keuschheit selbst entmannt. Trotz dieses Opfers gelingt es ihm nicht, Gralsritter zu werden, und so rächt er sich mit schrecklichen Untaten, geschützt durch seine uneinnehmbare, mit prächtigen Gärten und Kostbarkeiten ausgestattete Burg. Parzival als Bettler besiegelt sein Verderben. Der Name des legendären Ritters war noch im 19. Jahrhundert so bekannt, daß der französische Schriftsteller Léon Leclerc (1874–1966) das Pseudonym Tristan Klingsor wählte. Vor nicht allzu langer Zeit hat auch Hermann Hesse diese Figur literarisch wiederauferstehen lassen — in der Novelle »Klingsors letzter Sommer«, in der aus dem bösen Ritter ein Maler und Magier geworden ist. Es ist nicht verwunderlich, daß Klingsor, dieses Mischwesen aus Kunst und Esoterik, Corto ins Land der Träume und Ängste einführt, in dem dieser das Vorspiel einer Wiedergeburt erlebt.

Klingsor

Lawrence von Arabien

Thomas Edward Lawrence, geboren 1888 in Tremadoc im Land der Gälen, gestorben 1935 in Moreton, Dorsetshire. Merkwürdigerweise sind Corto Maltese und Lawrence sich nie persönlich begegnet, obwohl sie gleichaltrig waren und vieles gemeinsam hatten. Corto teilte mit Sicherheit Lawrence' Überzeugung, die dieser im Vorwort zu »Die sieben Säulen der Weisheit« ausdrückte: »Alle Menschen träumen, aber jeder auf seine Weise. Wer nachts in den dumpfen Winkeln der Vernunft träumt, wacht morgens auf und träumt, das sei alles eitel. Die Tagträumer jedoch sind gefährliche Menschen, denn sie leben ihre Träume mit offenen Augen, um sie Wirklichkeit werden zu lassen.« Daß Corto und Lawrence sich nicht begegnet sind, liegt vermutlich daran, daß der englische Offizier seinen Aktionsradius auf den Mittleren Orient und Indien beschränkte, während Corto alle Kontinente durchstreifte. Es ist allerdings möglich, daß Lawrence mit dem Angriff auf Fort Turban im Jemen zu tun hatte, an dem Corto anläßlich der Befreiung eines jungen arabischen Prinzen aus türkischer Gefangenschaft teilnahm.

Tamara de Lempicka

Amerikanische Malerin polnischer Herkunft, geboren 1898 in Warschau. Die heute fast vergessene Künstlerin studierte an der Petersburger Kunstakademie und ging anschließend nach Paris, wo sie Schülerin von Maurice Denis wurde. 1923 hatte sie ihre erste Ausstellung, und ihr Ruhm verbreitete sich in ganz Europa. Zwischen den Kriegen bewegt sie sich in verschiedenen Intellektuellen-Kreisen sowie in der eleganten Gesellschaft. Mit Corto Maltese trifft sie 1924 in der Schweiz zusammen.

Paul von Lettow-Vorbeck

Deutscher General, geboren 1870 in Saarlouis, gestorben 1964 in Hamburg. Corto Maltese kam zweimal mit ihm in Berührung. Zum ersten Mal 1906 in Peking, wo von Lettow einer der Leiter der europäischen Expedition war, die den von den Boxern bedrängten Europäern zu Hilfe kam. Das zweite Mal kurz vor dem 27. November 1918, an dem Lettow-Vorbeck – seit 1914 war er Kommandant der Schutztruppe in Deutsch-Ostafrika – sich in Abercorn dem alliierten General Van Deventer ergab. Corto hielt sich zu dem Zeitpunkt an der Küste auf, wo er einen von Lettow-Vorbecks Offizieren zu rächen versuchte, der einem hinterhältigen Verbrechen zum Opfer gefallen war.

Lawrence von Arabien

Paul von Lettow-Vorbeck

John Griffith (Jack) London

Amerikanischer Romanschriftsteller. Geboren 1876 in San Francisco, gestorben 1916 in Glen Ellen, Kalifornien. Ebenfalls ein widersprüchlicher Mensch, Befürworter der anarchosyndikalistischen Revolution. Er ist fasziniert vom unbeschränkten Kapitalismus, wie ihn sein Arbeitgeber William Randolph Hearst verkörpert. Er recherchierte in den Londoner Elendsquartieren und rühmte sich, der bestbezahlte Autor der Welt zu sein, der keinen Hehl aus dem Stolz auf seine luxuriöse Jacht machte.

Doch er bewältigte seine Aufgabe als Reporter und Schriftsteller besser als jeder andere und führte bis zum Alter von dreiundzwanzig Jahren ein sehr abenteuerliches Leben, das unter den Literaten des 19. Jahrhunderts beispiellos war. Er war Zeitungsverkäufer, Austernfischer, Robbenjäger, Landstreicher, Goldsucher und durchstreifte die Welt voller Tatendrang, der während der Phase seines literarischen Schaffens anhielt: Pro Jahr schrieb er einen Roman. Er traf mehrfach mit dem elf Jahre älteren Corto Maltese zusammen, vor allem in Korea und Argentinien. Als hätte dieses aufreibende Leben ihn zu früh verbraucht, brachte er sich 1916 um – gemäß der individualistischen Moral, die ihn immer angezogen hatte.

Eugene Gladstone O'Neill

Amerikanischer Schriftsteller, geboren 1888 in New York, gestorben 1953 in Boston. Er stammte aus einer Familie von Broadway-Schauspielern und betätigte sich als Goldsucher in Honduras, als Schauspieler und Regisseur, war Matrose auf einem Lastschiff und verließ Frau und Kinder, um die Weite der Meere zu suchen. 1912, anläßlich einer Kur in einem Sanatorium, entdeckt er die Literatur und die darstellenden Künste. Er beginnt, Stücke zu schreiben, und schließt sich der Theatertruppe »The Provincetown Players« an. Seine frühen Werke erzählen von der Welt der Meere und bringen ihm erste Erfolge. 1921 schlägt er mit »Emperor Jones« (»Negerdrama«) eine neue Richtung ein: Das Buch erzählt von Macht, Diktatur und Revolutionsgeist. Er übt sich in verschiedenen literarischen Formen, zum Beispiel schreibt er das Monumentalwerk »Lazarus Langhead« (1927), und läßt sich vom Theater der Antike anregen, um sich dann erneut autobiographischen Themen zuzuwenden. Doch nur in seinen frühen Schriften sind Parallelen zur Wesensart Corto Malteses zu entdecken, dem er in jungen Jahren in Buenos Aires begegnete.

Eugene O'Neill

Jack London (Mitte), Korrespondent im Russisch-Japanischen Krieg, mit seinen amerikanischen und englischen Kollegen.

Paracelsus

Sein wahrer Name war Theophrast Bombast von Hohenheim. Geboren 1493 in Einsiedeln bei Zürich, gestorben 1541 in Salzburg, Österreich, wo noch heute sein Grab in der Kirche des hl. Sebastian zu sehen ist. Er ist einer der wichtigsten Schweizer Vertreter des magisch-spekulativen Denkens im 16. Jahrhundert.

Vier Jahrhunderte später kommt Corto Maltese mit seinen Schriften in Berührung. Paracelsus war auf verschiedenen Reisen in ganz Europa herumgekommen, hatte die berühmten Universitäten besucht und hinterließ umfangreiche Schriften, die noch immer nicht alle veröffentlicht sind. Er äußerte sich zu Theologie, Medizin, Philosophie und Alchimie. Auf letzterem Gebiet stellte er Überlegungen an, die von den mechanistischen Forschungen über die Verwandlung der Metalle wegführten, um zu den wesentlichen Wechselwirkungen zwischen Körper und Seele zu gelangen. Einer seiner wichtigsten Beiträge liegt in der Erkenntnis der Bedeutung der Phantasie. Er glaubte, die Schöpfung sei ein Werk der Phantasie Gottes, und der Mensch – göttliches Ebenbild – müsse die Gabe der Phantasie weiter in die Welt tragen... Und das tat Corto während seines denkwürdigen Traums in einem kleinen Tessiner Dorf im Jahr 1924.

Paracelsus

John Reed

Amerikanischer Journalist und Schriftsteller. Geboren 1887 in Portland, Oregon, gestorben 1920 in Moskau. Er war vom selben Jahrgang wie Corto Maltese und kannte zum Teil dieselben Leute wie der Seemann: Pancho Villa, Eugene O'Neill, Stalin, Enver Pascha... Er stammte aus gutem Haus und erhielt eine sorgfältige Erziehung am College von Morristown in New Jersey sowie an der Harvard-Universität. Hier frequentierte er den sozialistischen Club und setzte sich gründlich mit der kommunistischen Ideologie auseinander, was ihn zu immer radikaleren Überzeugungen führte. Nach einem kurzen Aufenthalt in Europa, speziell in Paris, wendet er sich dem Journalismus zu und wird mit seinen Reportagen vom Rio Grande an der Seite von Pancho Villa einer der brillante-

John Reed (rechts neben Lenin) im März 1919 bei der Gründungsversammlung der Kommunistischen Internationale.

sten Vertreter dieser Zunft. Aus diesen Texten entstand der Bestseller »Mexiko«. Nach Augenzeugenberichten aus dem Ersten Weltkrieg schrieb er 1916 das bemerkenswerte Buch »Der Krieg in Osteuropa«. Sein Hauptwerk jedoch bleibt »Zehn Tage, die die Welt erschütterten« über die Russische Revolution, die er vom September 1917 bis zum Januar 1918 in Petersburg miterlebte. In seinem Bericht beschrieb er die Volksmasse als Held des neuen Zeitalters und stellte seinen Wunsch nach Gerechtigkeit sowie seine Liebe zu den Unterdrückten dar. Bis zu seinem Tod durch Typhus 1920 in Moskau kämpfte er an der Seite der Bolschewiken. Er hinterließ seinem Freund Corto Maltese das Andenken eines Mannes, der seinen Überzeugungen und Hoffnungen bis zum Ende treu geblieben war.

Soukhe Bator

Der junge Offizier der mongolischen Armee kam aus einer armen Familie. 1921 gründet er eine revolutionäre Volkspartei, die sich zum Ziel setzt, ihr »Vaterland von der unbegrenzten Vorherrschaft der Chinesen zu befreien sowie eine Regierung zu errichten, die die kulturelle Entwicklung der Mongolei zu fördern in der Lage ist«. Im Sommer 1921 wirft Soukhe Bators Armee die Truppen des Barons von Ungern zurück und vertreibt die Chinesen. Im Oktober wird er als treuer Verbündeter der Bolschewiken in Moskau empfangen. Er nennt sich Soukhe »Bator« (»Held«) und versucht, sein Land neu zu organisieren. Dabei erfährt er Unterstützung von Kräften, mit denen auch Corto zu tun hat, mitunter zu seinem Nachteil... Doch in den unsicheren Zeiten kam es zu Spannungen die schließlich 1923 zu Soukhes Ermordung durch Gift führten.

Josef Wissarjonowitsch Dschugaschwili genannt Stalin

Geboren 1879 in Gori in Georgien, gestorben 1953 in Moskau. In seiner Eigenschaft als Volkskommissar für die Nationalitäten von 1917 bis 1923 kam er Corto Maltese zu Hilfe, als dieser in einem Grenzgebiet, wo er eindeutig nichts zu suchen hatte, gefangengenommen wurde. Indem Corto bei einem Verhör seine Bekanntschaft mit Stalin durchblicken ließ und ein kurzes Telefongespräch mit diesem führte, entging er der Exekution. Die Begegnung der beiden Männer hatte im Winter 1907 stattgefunden. Stalin kam auf seinem Weg zum Kongreß der Sozialdemokraten im Mai in London auf einem Frachtschiff aus Odessa nach Ancona. Unter falschem Namen wurde er Nachtportier im Hotel »Roma & Pace«, doch der Inhaber fand ihn zu schüchtern. Anschließend ging Stalin nach Venedig und fand Unterkunft im Kloster des hl. Lazarus, wo er die Glocken zu läuten hatte. Doch die Art seines Geläuts war orientalisch, und das mißfiel dem Abt... Sodann begab er sich nach Mailand, durchquerte die Schweiz und erreichte nach einem Aufenthalt in Paris London. Bei dieser Gelegenheit lernte Corto den zukünftigen Herrscher Rußlands kennen.

Josef Stalin

Josef Stalin zu der Zeit, als er Nachtportier im Hotel »Roma & Pace« war.

Roman Fjodorowitsch von Ungern-Sternberg

Geboren 1886 in Reval in Estland, gestorben 1921 in Nowo-Nikolajewsk (heute Nowosibirsk). Stammte aus einem alten baltischen Adelsgeschlecht von Großgrundbesitzern deutschen Ursprungs. War Soldat in der Armee des Russischen Reichs und wurde wegen eines Duells entlassen. Zu Beginn des Weltkriegs 1914 wurde er wieder aufgenommen und befehligte eine Kosakenschwadron in Galizien und später in Armenien gegen die Türken. Gegen Ende 1917, im Trubel der revolutionären Ereignisse, stellt er sich auf die Seite der Weißen und stößt zu seinem Freund, dem Ataman Semenow. Bald verläßt er diesen, ernennt sich selbst zum General und kämpft an der Spitze einer asiatischen Reiterdivision auf eigene Rechnung. Er will ein mongolisches Reich gründen und von da aus Europa erobern. Seine Grausamkeit ist ebenso sprichwörtlich wie sein Wahnsinn... Als Corto und Rasputin ihm in die Hände fielen, bewahrte sie nur ihr guter Stern vor dem Tod. Ungern war durch Waffen groß geworden, und durch sie starb er. Gegen Ende des Bürgerkriegs, als die Gegenrevolution

Roman von Ungern-Sternberg

überall niedergeschlagen war, wurde er nach vier Jahren des Kämpfens und Mordens denunziert, abgeurteilt und im September 1921 hingerichtet.

Pancho Villa

Mexikanischer General, geboren 1878 in San Juan del Rio, gestorben 1923 bei Parral. Vertreter des lateinamerikanischen Macho-Kults. Begeht seinen ersten Mord im Alter von sechzehn, als er einen Mann tötet, der seine Schwester verführen will. Er wird ein Gesetzloser und geht in den Untergrund bis zur Revolution von 1910, für die er sich begeistert einsetzt. Er kommt aus dem Norden und vertritt die spanischstämmigen Pioniere der Grenzgebiete, während sein Revolutionskamerad Emiliano Zapata den Widerstand der Indianer aus dem Süden symbolisiert. Seine kriegerische Begabung, sein Heldenmut sowie sein Ruf als Verfechter der Gerechtigkeit bringen ihm große Popularität ein. Noch 1913 und 1916 kämpft er und nimmt es sogar mit einer bewaffneten amerikanischen Truppe unter General Pershing auf. Danach wird er zu einer geradezu legendären Figur, um den sich zahlreiche Revolutionäre scharen... und Waffenhändler. In diesem Zusammenhang nahm auch Corto Maltese Kontakt mit ihm auf, ungefähr zu der Zeit, als John Reed zu seinen Freunden zählte. Später unterwarf Pancho Villa sich der rechtmäßigen Regierung und wurde Besitzer einer großen Plantage in Durango. 1923 wurde er ermordet.

Pancho Villa

Bildnachweis

Bibliothèque nationale:
26 (o.)
Bundesarchiv: 77 (o.)
Collection Jean-Louis
Ducournau: 100
Collection Michel Pierre:
54, 60 (o.), 68, 88 (o.)
Collection Carlos Saldi:
48, 50.
Collections Roger Viollet:
19 (u.), 20, 22/23 (u.),
26, (u.), 43 (o.), 60 (u.),
61, 89, 131, 132, 133 (l.),
134 (u.), 135 (u.), 136, 137,
138, 139 (u.), 140 (r.)
Fondation Albert Kahn: 86
Franco Maria Ricci: 106,
135 (o.)
Keystone: 134 (o.)
Lauros Giraudon: 33
Musée de l'Homme: 65
Musée Paul Gauguin: 133 (r.)
Alle Rechte vorbehalten:
18, 19 (o.), 22 (o.), 28,
43 (u.), 45, 64, 77 (u.),
80, 83, 88 (u.), 94, 95, 119,
130, 139 (o.), 140 (l.).

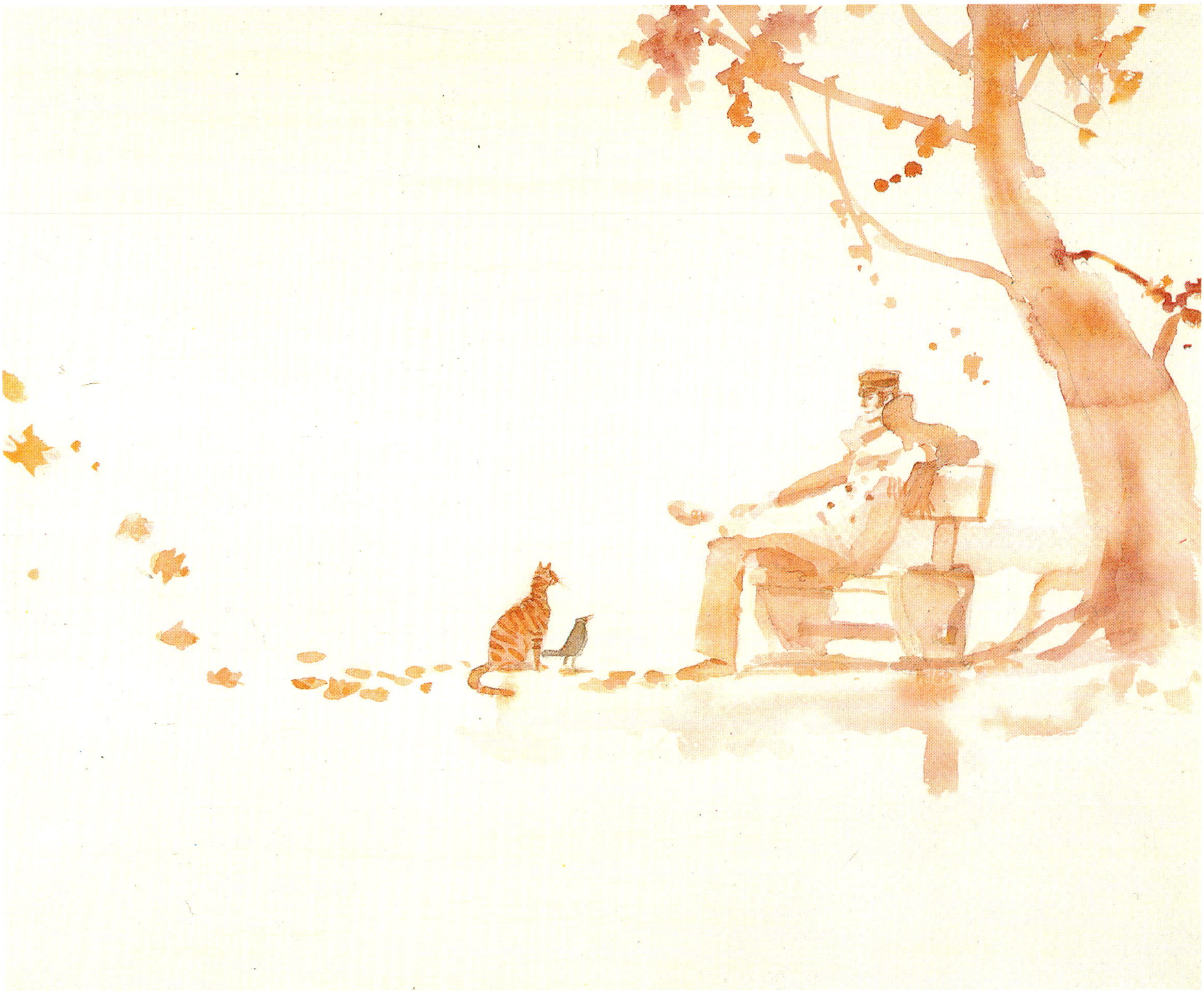